Leonie Ossowski
Der Löwe im Zinnparadies

SERIE PIPER

Zu diesem Buch

Als Maria zum ersten Mal nach vierzig Jahren das ehemals deutsche Schloß ihrer Kindheit besucht, stößt sie bei den heutigen polnischen Bewohnern nicht gerade auf Entgegenkommen. Doch der kleine Janusz schenkt ihr etwas sehr Kostbares, einen Löwen aus der Zinnfigurensammlung, die damals bei der Flucht, versteckt in einer Schachtel unter den Dachschindeln, zurückblieb. Fünfzehn Jahre später reist sie noch einmal zum Schloß ihrer Kindheit, im Gepäck den Löwen, der ihr ständiger Begleiter geworden ist. Sie begegnet nicht nur den vertrauten Menschen von damals, sondern auch der kleinen Tochter von Janusz, die den restlichen Schatz aus Marias Kindheit hütet, das Zinnparadies … Eine liebenswürdige, versöhnliche Geschichte über die Wiederbegegnung mit dem Schloß der eigenen Kindheit in Schlesien und den heutigen polnischen Bewohnern.

Leonie Ossowski, geboren 1925 in Niederschlesien, ist Autorin zahlreicher Erfolgsromane und Drehbücher. Ausgezeichnet unter anderem mit dem Adolf-Grimme-Preis in Silber und dem Schillerpreis der Stadt Mannheim, hat sie sich in ihren Romanen als »Dichterin der Menschlichkeit« einen Namen gemacht. Seit 1980 lebt Leonie Ossowski in Berlin.

Leonie Ossowski

Der Löwe im Zinnparadies

Eine Wiederbegegnung

Piper München Zürich

Von Leonie Ossowski liegen in der Serie Piper vor:
Weichselkirschen (1027)
Liebe ist kein Argument (1713)
Die schöne Gegenwart (3731)
Der Löwe im Zinnparadies (3812)

Für Mahand,
meine Schwester

Originalausgabe
September 2003

Ersterscheinen von »Das Zinnparadies«:
Radius-Verlag GmbH, Stuttgart, 1988
Umschlag/Bildredaktion: Büro Hamburg
Isabel Bünermann, Julia Martinez/
Charlotte Wippermann, Kathrin Hilse
Umschlagvorderseite: Joseph Kohlschein
(»Blumengarten«, 1930; Artothek)
Foto Umschlagrückseite: Joy von Tiedemann
Gesamtherstellung: Clausen & Bosse, Leck
Printed in Germany ISBN 3-492-23812-2

www.piper.de

Inhalt

Das Zinnparadies

Das Haus war im Vergleich zu den anderen Häusern im Dorf viel zu groß, denn bei Licht besehen war das Haus ein Schloß.

Ein schäbiges Schloß, ramponiert, mit verschandelter Fassade, an deren Kronen die Zacken fehlten. Ein Schloß ohne Schloßherrn, das versteckt zwischen Eichen, Linden, Buchen und Platanen in einem Park stand.

Als es die Polen nach dem Abzug der sowjetischen Truppen zum erstenmal betraten, fanden sie nichts mehr vor. Jeder Raum, vom Keller bis unters Dach, war leer wie eine Scheune vor der Ernte. Die Russen, so hieß es, die hätten alles mitgenommen. Nur die Türen hingen noch in den Angeln und führten von einem ausgeräumten Zimmer ins andere.

Die Leute vom Dorf klopften die Wände ab, sahen unter Treppen und hinter Balken, konnten es nicht fassen; von Möbeln keine Spur. Die, die als Zwangsarbeiter zum Kohleschleppen oder zu sonstigen Arbeiten einmal im Schloß gewesen waren, die wollten besonders gern wissen, was da zurückgeblieben war an Glanz, Pomp und dem, was vielleicht zu gebrauchen sein könnte.

Aber weil nichts mehr da war, nichts zum Ansehen und nichts zum Mitnehmen, ließ man einfach die Türen offen und wartete ab. Monate soll es so dagestanden haben, das

Schloß, nur von Ratten und Mäusen bevölkert, dem Verfall ausgeliefert und zu nichts nütze.

Das änderte sich erst, als die Felder und Wälder der ehemaligen deutschen Güter zu einem Kombinat unter der Leitung eines Direktors und seiner Frau zusammengelegt wurden.

Nicht daß die beiden nun ins Schloß gezogen wären. Nein, ein anderes Gutshaus gefiel ihnen besser. Eines, das sie sich selbst auswählen konnten, wie die Babka später Janusz erzählte, während die Dorfbewohner das nicht durften. Die bekamen die Häuser und Höfe zugeteilt, wobei jeder zugeben mußte, daß die ehemaligen Zwangsarbeiter, die am Ort geblieben waren, zu besseren Höfen kamen als die Ostpolen, deren Heimatland nach dem Krieg an die Sowjetunion abgegeben werden mußte. Es habe schon seine Zeit gedauert, berichtete die Babka, bis Ordnung und Ruhe unter die Dächer kamen und jeder sein Nest gefunden hatte.

Nur das Schloß, das blieb leer und unbewohnt. Da mochte auch keiner rein, wäre sich lächerlich vorgekommen mit den Putten und Engeln aus Gips an den Wänden im zwei Stockwerk hohen Flur und in Zimmern, groß wie der Tanzsaal der Gastwirtschaft. Die Küche im Keller, die Schlafstuben im ersten Stock, da hätte man sich allein auf den Treppen die Holzpantinen abgelaufen. Lieber überließ man das Schloß dem Wind, der durch die Ritzen pfiff, dem Regen, der durchs Dach tropfte, den Mäusen, die Löcher in Dielen und Tapeten fraßen.

Das Kombinat kam schnell in Schwung. Nicht nur wurden alle Felder bestellt, auch die Viehzucht kam in Gang. Der neue Direktor, das war schnell rum im Dorf, der wußte, was er wollte. Und weil er wußte, was er wollte, fand er auch für das Schloß eine Verwendung.

Er baute es aus und um, versetzte Wände, ließ die unnötig gewordenen Veranden samt dem Wintergarten abreißen, Eingänge verlegen und Fenster zumauern, wie es ihm paßte. Dadurch verlor das Schloß immer mehr an Harmonie, sah kaum noch wie ein Schloß aus, wirkte auch nicht mehr pompös, sondern plump und häßlich. Durch den Park ließ der Direktor für die Dorfbewohner einen Weg aus Betonplatten legen. Denn das Schloß, so sagte er, das Schloß sei jetzt das Clubhaus des Dorfes. Eine Café-Stube wurde eingerichtet, ein Billardzimmer, ein Fernsehraum, ein Kindergarten, Werkstätten und eine Bibliothek, die von der Frau Direktor verwaltet wurde. Im Souterrain aßen die Kombinatsangestellten, und im Obergeschoß, neben Zahnklinik und Arzträumen, gab es zwei Wohnungen. In einer dieser Wohnungen wurde Janusz geboren, der Enkel der Babka, die es zur Zeit der deutschen Besatzung in Polen als Zwangsarbeiterin hierher ins Dorf verschlagen hatte. Nach dem Kriegsende wurde sie in der Kombinatsküche beschäftigt, hatte dort Tag für Tag gekocht, gebraten, gebacken, bis ihr das Alter in die Knochen fuhr und ihre Kräfte nachließen. Aber auch als Rentnerin blieb sie im Schloß wohnen und lebte bei ihrem Sohn, der als Verwalter im Kombinat arbeitete.

Die Babka machte nie viel Aufhebens von sich und wartete insgeheim auf den Tod. Das änderte sich erst wieder mit Janusz' Geburt; der Junge kam so schnell auf die Welt, daß niemand außer ihr zur Stelle war. Sein Gebrüll war so kräftig gewesen, daß man es sogar unten in der Kombinatsküche gehört hatte.

Die Schwiegertochter berichtete später, die Babka habe wie verrückt gelacht, habe das Kind gebadet, gewickelt, in ein Kissen gesteckt, und sie sei mit dem Neugeborenen treppauf, treppab gerannt, um ihm sein Zuhause zu zeigen. Keinen Raum habe die Alte ausgelassen, sogar im Arztzimmer sei sie mit dem Säugling gewesen und angeblich auch auf dem Turm des Schlosses. Erst der junge Vater habe seine Mutter zur Vernunft bringen und ihr das Kind wieder abnehmen können. Von da an hatte die Babka ihren Enkel nicht mehr aus den Augen gelassen, hatte ihm das Laufen und das Sprechen beigebracht, hatte ihn gehütet und das Kind, ob's erlaubt war oder nicht, herumgeschleppt, bis es auf ihren Armen einschlief.

Inzwischen war Janusz zehn Jahre alt geworden, machte längst seine Streifzüge allein durchs Schloß, während die Babka Wache hielt, wie sie sich ausdrückte. Plötzlich kam der Großmutter eine Nachricht zu Ohren, die nicht nur sie, sondern auch Janusz beunruhigte.

Einer sagte es dem anderen: Die jüngste Tochter des ehemaligen Gutsbesitzers habe jetzt, vier Jahrzehnte nach dem Abzug der Deutschen, ihren Besuch angekündigt. Sie wolle ihr Elternhaus sehen, hieß es, um Erinnerungen aufzufrischen.

Die meisten Bewohner des Dorfes interessierte das nicht. Niemand kannte die Frau, die damals als Kind ihre Heimat verlassen mußte. Niemand hatte etwas dagegen, daß sie den Wunsch äußerte, sich anzusehen, was ihr nicht mehr gehörte. Nur die Babka regte sich auf.

»Herumschnüffeln wird sie wollen«, schimpfte sie. »Nach dem Rechten sehen, wie die Deutschen das nennen, und eines Tages, eines Tages fängt alles wieder von vorne an.«

»Daß du nicht vergessen kannst«, sagte der Sohn, und die Großmutter sagte: »Nein, das kann ich nicht, auch wenn ich es wollte.«

Janusz sagte gar nichts, hörte nur zu und überlegte, ob der Großmutter zu glauben war oder nicht.

Schweigend zog er die Tür hinter sich zu und ließ sie in ihrem Sessel am Fenster sitzen. Von hier aus hatte sie nicht nur den Park im Blick, sondern auch die Einfahrt zum Kombinat.

»Die Babka vom Janusz«, sagten die Leute im Dorf, »die lauert wie ein Hofhund am Fenster im Schloß auf Fremde.«

»Sie ist nicht mehr richtig im Kopf«, behaupteten die einen.

»Sie hat immer noch Angst vor den Deutschen«, meinten die anderen. »Da nützt alles Zureden nichts.«

Aufs Dach kam man nur über die Turmtreppe, eine hölzerne Stiege, die für Janusz nie ein Ende nahm, deren oberste Stufe er fürchtete und die er noch nie bis unter das Gebälk des Turmes erklommen hatte. Da war nichts mehr vertraut, da war nur Finsternis und der Geruch von Eulen.

Sommerliche Nachmittagsstille. Der Vater war auf den Feldern. Die Mutter arbeitete im Verwaltungsbüro. Niemand hielt sich in der Café-Stube auf, niemand sah fern. Es wurde kein Billard gespielt, und die Bibliothek, die Arztzimmer und die Zahnklinik waren verschlossen. Nur aus der Küche hörte man das Klappern der Töpfe und Abwaschgeräusche.

»Daß du mir nicht allein im Schloß herumlungerst«, sagte der Vater fast täglich.

»Die Frau Direktor will das nicht«, fügte die Mutter hinzu. Janusz sah das nicht ein, angelte sich trotz Verbot die Schlüssel vom Haken und machte sich auf den Weg.

Nur die Großmutter wußte Bescheid, hielt nichts von den Befehlen der Frau Direktor und der Fügsamkeit ihres Sohnes, wisperte hinter vorgehaltener Hand Janusz zu, er möge, wenn er wolle, ruhig in alle Ecken kriechen.

»Was dem einen recht ist«, sagte sie, »ist dem anderen billig. Das hier ist dein Elternhaus.«

Also nahm Janusz in aller Stille mit Wissen der Babka von jedem Winkel Besitz, füllte ihn mit seiner Welt aus, mit seiner Phantasie und ungeachtet dessen, wie es früher im Schloß ausgesehen hatte. Einen Salon sollte es da gegeben haben, behauptete die Großmutter, ein Damen- und ein Herrenzimmer, ein Eßzimmer, und in dem Saal, in dem heute die Dorfjugend Theater spielte, hätten früher bis zu fünfzig Personen an einem Tisch speisen können. Im oberen Stock, wo jetzt seine Eltern, die Babka und er wohnten, seien die Gästezimmer gewesen und auf der anderen Seite des Flures die Kinderzimmer.

Immer wieder kramte die Babka in ihren Erinnerungen und erzählte Janusz von einer Zeit, die er nicht kannte, von einem Schloß, das er sich so nicht vorstellen konnte, von Menschen, die hier nicht mehr lebten und von denen ihm die Großmutter versicherte, man dürfe ihnen nicht trauen.

Auf Zehenspitzen schlich Janusz den Flur entlang, die Schlüssel zum Turm in der Hand. Zwei Möglichkeiten gab es, nach oben zu kommen: Entweder er lief die breite Treppe mit dem ausladenden Geländer hinunter, durch den hohen und großen Flur an den zweiflügeligen Türen vorbei auf die andere Seite, um dort eine schmale, viel dunklere Treppe wieder aufwärts zu steigen, oder er schloß die kleine Tür auf, hinter der die Arzträume lagen und das lange holzgetäfelte Zimmer mit dem schweren Holztisch, in das der Herr Direktor die Besucher des Kombinats zum Essen einlud. Hier hatte Janusz noch nie gegessen. Hier sah er nur hin und wieder, wie die Frauen aus der Küche auf ebenjener schmalen und dunklen Treppe Schüsseln, Terrinen und Platten rauftrugen, hörte das Gelächter der Gäste, das Klirren der Gläser und die alles übertönende Stimme des Herrn Direktor: »Na zdrowie.«

Janusz entschied sich weder für die breite Treppe noch für die Tür, hinter der die Arztzimmer und der Speiseraum des Herrn Direktor lagen. Janusz entschied sich für das Treppengeländer, dessen Handlauf zum Rutschen verführte. Auch das war verboten. Da aber in der Stille des Nachmittags niemand da war, der Janusz zurechtwies, schwang er sich auf das hundertjährige glatte Holz, stieß sich ab und sauste mit ausgebreiteten Armen und angehaltenem Atem abwärts. Unten angelangt, knallten seine Schuhe auf die Dielen, daß ihm die Fußsohlen brannten und er sich einen Augenblick hinhocken mußte. Er sog die Luft durch die Nase und schloß die Augen. Hier roch es, wie es nirgendwo anders roch.

Immer ein wenig nach Suppe, Kohl und gebratenen Zwiebeln, nach Putzmitteln und nach etwas, das Janusz sich nicht erklären konnte. Vielleicht etwas, das von den Deutschen übrig geblieben, ganz oben zwischen den Putten an den Wänden hing und muffig geworden war.

Bis heute hatte Janusz selten einen Gedanken an die Deutschen verloren. Höchstens hier in dem großen Flur, weil es seiner Meinung nach nur hier noch etwas von ihnen zu riechen gab. Weiß der Himmel, möglicherweise war die Deutsche schon da, saß in der Café-Stube und ließ sich bedienen, oder sie hockte im Fernsehraum. Vielleicht spielte sie Billard, vielleicht schnüffelte sie auch in der Bibliothek herum, rannte mal hierhin, mal dorthin, wo sie ebensowenig etwas zu suchen hatte wie Janusz in dem Speisezimmer des Herrn Direktor.

Janusz schob seinen Entschluß, auf den Turm zu steigen, hinaus und öffnete statt dessen eine der Flügeltüren, die zum Fernsehraum führten. Die Vorhänge vor den drei hohen Fenstern waren zugezogen und verbreiteten ein braunes, derart dämmriges Licht, daß Janusz über einen Stuhl stolperte. Der stand seitlich in umgekehrter Richtung, als habe ihn jemand absichtlich umgedreht.

Wer war hier gewesen? Wer hatte hier Unordnung in die Ordnung gebracht, war vielleicht da und ließ sich in dem Halbdunkel nur nicht sehen?

Janusz tastete mit den Augen ab, was er glaubte, erkennen zu können: Höhe und Breite der Fenster, der nie mehr benutzte, große grüne Kachelofen, dessen Ornamente er im Schlaf hätte nachzeichnen können, die Holztäfelung an der Wand, hell gebeizt, die sich durch alle Zimmer zog und Janusz in diesen hohen Räumen ein Gefühl der Geborgenheit gab, die vier runden Lampen, die von der Decke hingen und jedes Eckchen hell machen konnten.

Nur zwei Schritte bis zum Schalter. Warum ging er nicht hin und schob das kleine Hebelchen hoch? Warum lief er nicht zu den Fenstern und zog die Vorhänge zur Seite?

Es war ihm unmöglich, sich zu bewegen. Die Arme hingen ihm schwer herunter, als seien die Hände aus Stein, seine Füße hefteten sich an die Dielen, und alles, was er dachte, vermischte sich auf unnatürliche Weise mit den Erinnerungen der Babka.

Das Holz an den Wänden begann zu knistern, wurde rissig, fiel von der Wand und machte anderem Holz Platz, Eichenholz, das plötzlich in viel feinerer Täfelung zu sehen war, während sich über die Ölfarbe der Wand eine tiefrote, seidige Tapete legte.

Er war verhext, das Schloß war verhext, vielleicht auch die Babka.

Ihm gegenüber tauchte aus dem seidigen Rot ein Bild

auf. Es zeigte einen hohen Offizier, der, auf einem Pferd sitzend, ein Regiment anführte. Seine dunkle Uniform war mit silbernen Schnüren besetzt, und auf dem Kopf trug er eine riesengroße, mit Pelz besetzte Mütze. Den gezogenen Säbel über seinem Kopf schwingend, schien er auf Janusz zuzureiten, vielleicht um ihn aufzuspießen.

Aber Janusz gelang es, beiseite zu springen. Und mit dem Satz, den er da zwischen den Stühlen im Fernsehraum machte, begriff er, daß er auf die Beschreibungen der Babka hereingefallen war.

Im gleichen Augenblick wich die tiefrote, seidige Tapete der früheren Ölfarbe.

Der hohe Offizier verblaßte mitsamt seinem Pferd. Das Holz, hell gebeizt, kehrte zurück und verdeckte mit einem Schlag die feine, aus Eiche gearbeitete Täfelung. Janusz fühlte sich wieder geborgen. Vorsichtig stellte er endlich den Stuhl dahin, wo er hingehörte, und schlich sich, so schnell er konnte, aus den Erinnerungen der Großmutter.

Einmal aufs Thema gebracht, ließ es Marie an Ausführlichkeit nicht fehlen. »Blind«, sagte sie, »blind finde ich die Stelle, wo ich das Paradies am Tag der Flucht versteckt habe, auch wenn es über vierzig Jahre her ist.«

Obwohl Maries Töchter die Geschichten der Mutter seit ihrer Kindheit kannten, hörten sie immer wieder zu. Längst wußten sie, wie es im Elternhaus der Mutter ausgesehen hatte, wären in der Lage gewesen, es selbst zu beschreiben, hätten ebenso die Zahl der Zimmer und deren Verwendung angeben können wie die Beschaffenheit des Mobiliars. Sie wußten, daß die Tapete im Damenzimmer grün war, die im Herrenzimmer rot, die des Salons und des Eßzimmers hingegen hell. Unzählige Male hatte ihnen die Mutter von den Tabakdosen, den Porzellantassen, den

Medaillons und Urkunden berichtet, die im Salon in der Glasvitrine lagen und die Marie kein einziges Mal in ihrem Leben hatte anfassen dürfen. Das Kinderzimmer war ihnen vertraut, daneben die Gästezimmer, in denen im Sommer der Besuch wohnte.

Am liebsten beschrieb Marie das Bild ihres Urgroßvaters, eines berühmten Husarengenerals. Der Maler hatte ihn mit gezogenem Säbel dargestellt, wie er siegessicher in den Krieg gegen die Franzosen ritt.

»Das war vor hundert Jahren«, seufzten die Töchter und sahen sich an. Aber mit der Erwähnung des Bildes kam die Mutter erst richtig in Fahrt, sprang durch die Jahreszeiten, erzählte von Weihnachten, von den Rotwildjagden im Herbst, von Erntefesten, und am Ende im mer vom letzten Krieg, den man bis zum Schluß nicht gehört und gesehen hatte.

Wenn Marie ihren Töchtern von der Heimat berichtete, begann sie stets mit der Beschreibung eines Ortes oder Raumes, erst danach erwähnte sie die Personen. Es schien, als seien die Menschen, die zu Maries Kindheit gehörten, ohne das Haus, das Dorf und die Landschaft handlungsunfähig gewesen, hätten vielleicht gar nicht existieren können.

Als dann die Töchter erwachsen wurden und die Mutter seltener sahen, verlor Marie die regelmäßige Anwesenheit ihrer Zuhörer. Nicht daß sie darüber gejammert hätte, aber sie kam aus der Übung. So merkte sie nicht, daß sie mit der Zeit bestimmte Dinge vergaß. Erst waren es Kleinigkeiten. Zum Beispiel das Geräusch einer Tür oder das Muster eines Teppichs. Dann folgte das Zifferblatt einer Biedermeieruhr im Damenzimmer. Weder fiel ihr die Form der Zeiger ein, noch hätte sie sagen können, ob die Uhr mit römischen oder arabischen Zahlen beziffert war. Dieser plötzliche Gedächtnisschwund beunruhigte Marie, bedrohte sie und zerstörte ihre Geschichten. Es gab keinen Anfang mehr, nichts Verläßliches, auf dem ihr Bericht beruhte. Um weiteren Erinnerungslücken vorzubeugen, versuchte sie es mit Aufschreiben, fertigte eine Liste von Räumen und Gegenständen an, von Licht, Gerüchen und Geräuschen, wachte nachts auf, fügte noch das Schnitzwerk eines Schrankes hinzu, die Stufenzahl einer Treppe oder die Form eines Glases. Aber die Lücken waren nicht mehr auszufüllen, vergrößerten sich und machten Maries Erinnerung unbrauchbar.

Einmal hatte Marie in den ersten Morgenstunden ihre Schwester Anna angerufen.

Anna, die schon zweimal in Polen gewesen war, die das Elternhaus besucht und behauptet hatte, daß dort zwischen Keller und Turm nichts mehr von früher zu finden sei, nicht mal die Scherbe eines Tellers.

»Ich rede nicht von heute«, hatte Marie gesagt. »Ich rede von damals. Sag mir bitte, wie sahen die Klinken an den Türen aus? Hatte das Tischchen neben dem Schreibtisch von Mama eine Messingumrandung? Und die marmornen Putten auf dem Kamin, hatten die ihre Hände gefaltet oder standen sie mit ausgebreiteten Armen auf dem Sims?«

»Das willst du jetzt wissen«, hatte Anna zurückgefragt, »jetzt, vierzig Jahre später und mitten in der Nacht?«

»Ja«, hatte Marie geantwortet, »ich kann sonst nicht schlafen.«

Anna hatte weder das eine noch das andere gewußt, gab schläfrig zu, daß sie Einzelheiten dieser Art nicht mehr interessierten und daß es für sie wichtigere Dinge im Leben gäbe. Sie hatte wohl noch mehr gesagt, war vielleicht freundlicher geworden, Marie wußte es nicht. Sie hatte aufgelegt, war aufgestanden, bis zum Morgengrauen in der Wohnung auf und ab gelaufen und hatte sich aufrecht gehend ins Elternhaus zurückgeträumt.

So wie Marie war auch ihr Vater auf und ab gelaufen, hatte sein Zimmer an die zehn Mal durchmessen, hatte seinen Kopf gegen den grünen Kachelofen gelehnt, dessen Ornamente dann kleine Muster in seine Stirn drückten.

Plötzlich blieb Marie stehen. Die Ornamente – sie erinnerte sich nicht mehr an deren Umrisse und Konturen, sie spürte nur die Unebenheit auf der Handfläche, wenn man darüber hinwegstrich. Die Rillen und kleinen Wölbungen, die Längs- und Querläufe fühlte sie wie eine Blinde, nur daß sie sich in kein Bild umsetzen ließen und keine Form wiedergaben.

Abermals hatte sich die Lücke in ihrem Gedächtnis vergrößert. Und weil Marie merkte, daß ihre Geschichten an Ausführlichkeit immer mehr zu wünschen übrig ließen, stellte sie das Erzählen ganz ein.

Erst fiel es den erwachsen gewordenen Mädchen nicht weiter auf. Es verschaffte ihnen eher ein Gefühl der Erleichterung. Aber dann ergaben sich unerwartete Pausen, in denen Marie kein Wort hervorbrachte, ständig nur um ein Lächeln bemüht, das über ihre Angst hinwegtäuschen sollte.

»Was ist mit dir«, fragten die Töchter betreten und versuchten die Mutter zu ermuntern, wenigstens hin und wieder die alte Heimat zu erwähnen.

Aber Marie schüttelte den Kopf und schwieg sich aus.

Da sich das nicht ändern ließ und es bei diesem merkwürdigen Lächeln im Gesicht der Mutter blieb, griffen die Töchter irgendein Ereignis heraus und sagten zum Beispiel: »Weißt du noch, wie du dich an deinem Geburtstag beim Versteckspiel im Salon in der Truhe verborgen hast?«

Marie antwortete nicht.

»In der Truhe, von denen es nur drei auf der Welt gab. Eine stand in Paris, eine in Moskau, eine bei euch. Und dir war als Kind streng verboten, darauf zu sitzen, zu rutschen oder hineinzukriechen.«

Marie ließ sich nicht provozieren, zu Ende zu erzählen, was die Töchter begonnen hatten. Nicht daß ihr das Muster der Truhe entfallen wäre, die in Silber gefaßten Efeublätter aus Perlmutt. Nein, der Inhalt der Truhe war es, auf den sie sich nicht mehr besinnen konnte. Der Inhalt, an den zu erinnern ihr jetzt mehr bedeutete als die Ohrfeige, die sie sich für die Wahl ihres Verstecks eingehandelt hatte.

»Nicht so wichtig«, sagte Marie.

»Na hör mal«, sagten die Töchter und spielten auf ein anderes, ihnen geläufiges Ereignis aus der Kindheit der Mutter an. Aber es war nichts zu machen, die Bemühungen zeigten keinen Erfolg, die Mutter schwieg.

»Ich habe zuviel vergessen und zuwenig behalten, um der Wahrheit Genüge zu tun«, gab sie endlich zu.

»Gut«, sagte die eine, »vielleicht bist du dafür dein Heimweh los.«

»Das glaube ich nicht«, sagte die andere. »Heimweh ist eine Krankheit, gegen die kein Kraut gewachsen ist.«

Ein Streit entstand. Die Töchter redeten über Maries Kopf hinweg, als hätten sie die Mutter vergessen, bis Marie unerwartet heftig mit der Hand auf den Tisch schlug.

»Ich werde hinfahren«, sagte sie mit zu hoch geratener Stimme. »Ich werde hinfahren und mir das Paradies holen.«

Die Töchter sahen sich an, wagten aber nicht zu lachen,

obwohl sie das Vorhaben der Mutter für eine Schnapsidee hielten.

»Du wirst es nicht mehr finden«, sagten sie vorsichtig.

»Es muß noch dasein, ich habe es viel zu gut versteckt«, antwortete Marie und begann mit geschlossenen Augen in ihre Erinnerungen zu schlüpfen.

Es war damals ein kalter Januartag voller fremder Geräusche, die die zehnjährige Marie mehr erregten als die aufgerissenen Schränke, Kommoden, die Koffer, Säcke und Körbe, die in den Fluren herumstanden. Mehr als 25 Kilo, so hatte es der Bürgermeister jedem einzelnen sagen lassen, mehr dürfe man pro Kopf nicht mitnehmen. Da war guter Rat teuer. Kein Silber, keine Teppiche, keine Bilder. »Was ist mit meinen Puppen?« hatte Marie gefragt und zur Antwort bekommen, daß sie eine mitnehmen dürfe, eine von so vielen.

»Und sonst, was darf ich sonst mitnehmen?«

»Nichts!«

Dieses NICHTS hatte auch zu diesen Geräuschen gehört. Überall war es zu hören, wurde ständig von der Mutter wiederholt, der Großmutter und der Tante, setzte sich jammernd fort, als Frage ebenso knapp wie als Antwort.

Nichts.

Die Geräusche hatten in den Nächten eingesetzt. In diesen sonst froststillen Nächten, in denen kein Käuzchen rief, keine Katze schrie und kein Hund bellte, war es plötzlich aufgetaucht, dieses Knirschen der fremden Räder im hartgefrorenen Schnee, dieses Knallen der Peitschen, dieses langgezogene Ho und Hü der alten Männer, die die Pferde vorantrieben. Unentwegt rollten die Wagen von Ost nach West. Es gab keine Stille mehr. Das Knirschen setzte sich in den Ohren fest, begleitete den leicht gewordenen Schlaf, die Angst und die Sorge, was mitzunehmen sei und was nicht. Niemand schloß mehr die Türen, niemand achtete auf Staub und auf Schmutz, kein Tisch wurde gedeckt, man aß, wo man stand, selbst die benutzten Teller wusch niemand mehr ab. Jeder war mit seinem Gepäck beschäftigt, packte ein, packte um, entschied sich am Abend für Wertgegenstände, am Morgen für Wäsche und probierte an, was bis zur Unbeweglichkeit übereinander zu ziehen war.

In den Ställen begannen die Kühe zu brüllen. Es hieß, man werde sie in den Schnee treiben, damit sie später ihre zum Platzen vollen und schmerzenden Euter kühlen könnten. Auch die Schweine begannen zu rumoren, die Hühner, die Gänse, und sie übertönten damit das Knirschen der Treckwagen. Das war noch schlimmer.

Marie hatte, von niemandem bemerkt, ihr Zimmer aufgeräumt, ihre Puppen der Größe nach hingesetzt, Bücher und Spielzeug geordnet. Die Russen, hatte sie zur Mutter gesagt, die sollten nicht denken, daß sie unordentlich sei. Danach war sie durchs Haus gelaufen, hatte in die offenen Schränke gesehen, in die Schubladen und Truhen, hatte mit Neugierde betrachtet, was eingepackt wurde und was nicht.

Auch das Damenzimmer zeigte dieses bedrohliche Durcheinander. Kein Stuhl stand auf seinem Platz, die Sessel waren zur Seite geschoben, Papiere bedeckten den Teppich. Auf dem Tisch ohne Tischtuch türmten sich Kleidungsstücke. Was heruntergefallen war, blieb liegen. Außer Marie schien niemand für die Russen Ordnung machen zu wollen.

Von allem unberührt, stand neben dem Schreibtisch der Mutter auf einem kleinen ovalen Mahagonitischchen das Paradies. Marie kannte jede Figur, jeden Baum, jedes Tier, hätte die Anordnung und die Abstände aus dem Kopf hersagen können, die Stückzahl nennen, und, worauf Marie besonders stolz war, sie wußte sogar wie viele Äpfel auf die winzigen Bäumchen gemalt waren. Die Figuren aus Zinn, nicht größer als Maries kleiner Finger und nicht dicker als ein Stück Packpapier, stellten, wie die Mutter immer wieder betonte, einen besonderen Wert dar.

Nie hatte Marie damit spielen dürfen, nicht mit Eva und nicht mit Adam, auch nicht mit dem Elefanten, dem Löwen oder der Giraffe.

»Nur anschaun«, hieß es, solange sie denken konnte, »nicht anfassen.«

Auch wenn sie allein war, hatte sie sich nie getraut, die von der Mutter bestimmte Anordnung zu verändern.

Um so öfter stand sie vor dem Tischchen und brachte es fertig, die kleinen Figuren so lange anzustarren, bis sie sich langsam bewegten. Natürlich nicht alle. So viel Kraft brachte Marie nicht auf. Aber eine oder zwei waren es immer, die plötzlich ihre Position veränderten. Erst zitterten sie leicht, dann hoben sie den Kopf, bewegten die Beine und wandten sich Marie zu, als warteten sie auf deren Befehle.

»Wachsen!« befahl dann Marie. Mit aufgeblasenen Backen und zugekniffenen Augen blies sie, wie einst Gott am Tag der Schöpfung, dem Löwen, dem Affen oder anderen Tieren, die sie sich dazu auserwählt hatte, ihren kurzen Kinderatem in die Nase. Es funktionierte fast immer, die Tiere wuchsen.

Ohne die anderen Zinnfiguren umzuwerfen, sprangen sie vom Mahagonitischchen.

Dann lief Marie in den Salon, um auf der Truhe zu rutschen, oder in die Speisekammer, um Honig mit dem Löffel zu naschen, oder sie wusch sich im Badezimmer der

Mutter mit der teuren, parfümierten Seife die Hände. Sie glitt im Flur das Geländer hinunter oder stahl sich auf den Turm, um von dort aufs Zwischendach zu klettern, während Löwe, Elefant, Giraffe oder Affe ihren Ungehorsam beschützten.

Nur Adam und Eva verhalf Marie nie zu Größe und Leben, auch nicht der Schlange, die sie fürchtete und die sie lieber winzig klein und in Zinn gegossen auf dem Mahagonitischchen zurückließ.

An diesem Tag, in diesen Stunden des Chaos, der Klagen und Angst mutete Marie das Paradies seltsam an. Nicht einer der Erwachsenen hielt es für kostbar genug, um es an sich zu nehmen.

»Darf ich es anfassen?« hatte Marie gefragt.

»Mach damit, was du willst, nur mitnehmen kannst du es nicht«, hatte die Mutter geantwortet.

Im Haus wurde zur Eile getrieben. Die Pferde, hörte Marie, würden vor die Wagen gespannt, das Gepäck sollte aufgeladen werden, die Zeit der Vorbereitung für den großen Treck war vorbei. Marie fand weder Zeit noch Ruhe, mit ihrem Blick die Zinnfiguren zu vergrößern oder ihnen Leben einzuhauchen. Es gab auch keinen Ungehorsam, der zu bewachen gewesen wäre. Es galt, sich Besseres auszudenken, und vor allem, es mußte rasch gehen. Eine Metallschachtel war schnell gefunden, auch der gelbliche Billrothbatist, der im Medizinschrank lag und der bei Umschlägen um Brust oder Hals über die nassen Tücher gebunden wurde. Marie wußte sich zu helfen, hatte aufgepaßt und verstanden, wovon die Erwachsenen seit Tagen sprachen. Was versteckt oder vergraben werden sollte, mußte vor Rost bewahrt werden.

Marie hatte nur eins im Sinn, das Paradies sollte das Haus beschützen, und die Russen durften es nicht finden.

Die Turmtür klemmte wie immer. Die Treppe kam ihr steiler vor als sonst, bis sie begriff, daß es die ungewohnte Kleidung war, die sie behinderte: der Rock über der Trainingshose, der Mantel und die Pullover, die sie auf Anweisung der Mutter übereinander gezogen hatte. Marie schwitzte, als sie endlich auf dem schrägen Flachdach zwischen Turmwand und Giebelwalm stand.

Eisiger Ostwind, der von den polnischen Wäldern herüberfegte und die Geräusche mitbrachte: das Knarren der Räder im Schnee, das Hü und Ho, mit dem die Gespanne in Richtung Westen getrieben wurden. Auch das Brüllen der Kühe war noch hier oben zu hören, und Marie sah, wie auf dem Gutshof die Pferde aus den Ställen geführt wurden, während die polnischen Knechte tatenlos zusahen. Sie kümmerten sich auch nicht um das Vieh. Sie redeten nicht einmal miteinander. Sie standen mit verschränkten Armen da, breitbeinig und ihrer Sache sicher.

Marie hörte, wie man vor dem Portal nach ihr rief. Wenn sie nicht rechtzeitig wieder hinunterkam, würde man vielleicht ohne sie abfahren.

So schnell sie konnte, wickelte sie die Blechschachtel in den Billrothbatist, zählte die blauen Dachschindeln ab, merkte sich die Zahl, hob eine Schindel hoch und drückte das flache Päckchen zwischen Dachlatte und Sparren, so daß es auch von der Innenseite nicht zu sehen war. Und weil sich Marie noch immer nicht ganz sicher war, ob nicht Polen oder Russen das Paradies finden könnten, schlug sie das Kreuz über ihr Versteck und murmelte: »Im Namen des Vaters, des Sohnes und des Heiligen Geistes, Amen.«

Keine Träne, kein letzter Blick vom Dach des Elternhauses auf die Felder und Wälder oder auf den Park mit den ausladenden Platanen, den Eichen und der alten

Linde. Kein Abschied, nur Eile, mit der Marie in letzter Minute auf den Wagen vor dem Schloß zwischen die Dekken und Pelze kletterte.

Die Turmtür klemmte wie immer. Janusz brauchte sein ganzes Gewicht, um sie zu öffnen. Als er dann endlich zwischen Turmwand und Giebelwalm stand, atmete er tief ein. Es roch nach geschnittenem Korn. Auf den Schlägen zwischen Schloß und den Wäldern am Horizont tukkerten drei Mähdrescher, die mit unvorstellbarer Geschwindigkeit die Felder leer räumten. Mit Traktoren wurde das Korn in die Magazine gefahren, durch das Trockengebläse gejagt, um dann mit denselben Traktoren in die Stadt zum Bahnhof gefahren zu werden. Der ganze Himmel schien im Lärm der laufenden Motoren zu zittern. Da war nichts vom Gezwitscher der Vögel zu hören, kein Rauschen in der hundertjährigen Linde, in deren geteiltem Stamm es sich so gut schlafen ließ.

Hier, vom Zwischendach aus, konnte Janusz nicht nur nach allen Himmelsrichtungen sehen, er konnte auch den Park überblicken, den Weg mit den Betonplatten, auf dem Piotr manchmal mit dem Moped entlangraste, oder den Teil des Parks, wo das Gras nicht mehr gemäht wurde, wo Sträucher, Bäume und Brennessel wild wuchsen und wo sich nach Feierabend heimlich die Pärchen trafen.

Aber manchmal war Janusz nicht auf die Himmelsrichtungen aus, nicht auf das Einfahren der Ernte oder die küssenden Pärchen. Manchmal legte er sich platt auf den Rücken, starrte in Himmel oder Wolken und dachte nach. Dabei konnte ihn nichts stören, nicht die Traktoren, nicht die in den Platanen hockenden Krähen und nicht die ständig gurrenden Ringeltauben.

Das tat Janusz seit jenem Tag, an dem er das Paradies

gefunden hatte. Ein Sonntag im Frühling war's gewesen. Die Nacht davor hatte ein Sturm getobt.

Unzählige der blauen Flachziegel hatte es aus den Dachlatten gehoben. Was nicht zu Boden gefallen war, lag zerbrochen auf dem geteerten Zwischendach.

Die Löcher, die so groß waren, daß ein voller Kartoffelsack hineingepaßt hätte und der Herr Direktor später mit roten Ziegeln ausflicken ließ, veränderten für Janusz das gewohnte Bild. Erstmals schien Sonne in den Dachstuhl und verjagte dadurch nicht nur die Fledermäuse, sie warf auch ungewohnte Schatten in den Staub. Plötzlich war da ein Stoffetzen zu erkennen, der nicht hierher gehörte. Kaum hatte Janusz ihn berührt, da zerfiel er auch schon, und zum Vorschein kam eine Blechschachtel.

Janusz fand sie in Schulterhöhe zwischen Dachlatten und Sparren eingeklemmt, von irgend jemandem hier versteckt und nun durch den Sturm zutage befördert. Es klapperte in der Schachtel, die schwer zu öffnen war. Der Rost hatte sich hineingefressen, und Janusz arbeitete an dem Kästchen wie besessen von dem Gedanken, einen Schatz gefunden zu haben. Einen Schatz der Deutschen, von denen die Babka immer wieder erzählte, obwohl ihr kaum noch jemand zuhörte.

Endlich klappte das Deckelchen auf, und Janusz holte staunend eine Figur um die andere heraus. Nicht eine war beschädigt. Zierlich und flach, wie sie waren, fand Janusz so schnell keinen Platz zwischen den zerschlagenen Dachschiefern, um aufzustellen, was er da gefunden hatte. Also schuf er sich mit bloßen Händen zu seinen Füßen einen Halbkreis, groß genug, daß jedes Tier, vor allem aber Adam und Eva, richtig zur Geltung kamen. Immer wieder wählte er neue Positionen, gab Adam den Löwen zur Seite, während er Eva mit der Schlange allein am Baum stehen ließ. Aber dann tat sie ihm leid, und er gesellte ihr den Löwen zu, damit der die Schlange vernichten könnte, und rückte neben Adam ein sich bäumendes Wildpferd, auf dem notfalls die Flucht zu ergreifen war. Unermüdlich arbeitete in Janusz die Vorstellung, wie man der göttlichen Vertreibung Adams und Evas nur eines Apfels wegen zuvorkommen könne. Gemessen an dem Obst, das er selbst schon geklaut hatte, fand er die Strafe des Herrn an den beiden zu hart.

Das war der Augenblick, in dem Janusz sich auf den Rücken legte, Tiere, Bäume, Adam und Eva neben sich aufgebaut, um über die von Gott gewollte Vertreibung nachzudenken.

Schließlich war es ja nicht bei Adam und Eva geblieben. Die Babka, die in Sachen Vertreibung Spezialistin war, hatte unzählige Geschichten davon parat. Einige erzählte sie laut, andere leise und hinter vorgehaltener Hand.

Zu den lauten gehörte in erster Linie ihre eigene, nämlich wie sie ein knappes Jahr nach dem Überfall der Deutschen auf Polen mit allen Bewohnern des Dorfes Domnik von einer Stunde auf die andere von ihren alteingesessenen Höfen vertrieben worden waren. In die Zwangsarbeit hatte man sie geschickt, andere in die Konzentrationslager oder in den Tod. Nie vergaß die Babka, dabei den alten Staszak zu erwähnen, denn der hatte das Unrecht nicht eingesehen und war deshalb in Gegenwart von Frau und Söhnen auf der Stelle abgeknallt und danach auf den Misthaufen geworfen worden. Weitaus kürzer berichtete die Babka von der Vertreibung der Deutschen im Jahre 1945. Da hatte sie die Einzelheiten vergessen. Gerade die Kälte war ihr noch im Gedächtnis geblieben, bei der sich die Deutschen mit Mann und Maus auf den Weg machen mußten, an das Vieh erinnerte sie sich, das in den Ställen oder im Schnee verreckt war, und an die Rote Armee, die dann Einzug hielt.

Und hinter vorgehaltener Hand, und nie in Gegenwart des Herrn Direktor oder dessen Frau, verriet sie dem, der es wissen wollte, wie es den Ostpolen ergangen war, von den Sowjets vertrieben und hierher verpflanzt, wo sie nie etwas zu suchen gehabt hätten.

All das ging Janusz durch den Kopf. Ob er wollte oder nicht, seine Gedanken kehrten immer wieder zu der Person zurück, die hier, offensichtlich kurz vor der eigenen Vertreibung, das Paradies versteckt hatte. Eine Person also, die auf Rückkehr hoffte, deutsch war, und mit deren Wiederkommen Janusz Gefahr lief, seinerseits von Haus und Hof vertrieben zu werden, fort wie Adam und Eva aus dem Paradies, Gott weiß wohin. Der Gedanke war so schrecklich, daß sich manchmal alles, was Janusz um sich herum sah, in milchigem Nebel auflöste, ganz so, als sei er plötzlich blind geworden. Nur das aufsässige Gurren der Wildtauben blieb, das Tuckern der Traktoren auf den Feldern, das Lachen der Dorfkinder im Park und das Geschnatter der Gänse, die jemand über die Gasse zum Teich trieb. Er hörte die Stimme des Vaters auf dem Hof und erkannte am Motorengeräusch das Auto des Herrn Direktor. Janusz hörte alles und sah nichts, sosehr er die Augen auch aufriß.

Erst wenn er wie in Panik um sich schlug, wurden die Dinge wieder sichtbar. Zuerst der Turm und das vom Sturm beschädigte und inzwischen reparierte Dach über dem Schloß, in dem Janusz wohnte und wo jedes Eckchen sein Zuhause war. Endlich sah er wieder über den Bäumen des Parks die an der Dorfstraße liegenden Häuser, sah den alten Perka krummbeinig über seinen Hof schlurfen, sah Józef Staszak auf seinem Motorrad nach Nowawieś zu den Schafställen fahren. Und dort drüben war der Kiosk, an dem die Babka Tag für Tag mit den anderen Frauen vom Dorf mittags Schlange stand, um frisches Brot zu holen. Dann wickelte sie die noch warmen Laibe in ihre Schürze, und wenn sie nach Hause kam und die Treppe hinaufstieg, roch oft der ganze zwei Stockwerk hohe Flur danach. Nichts blieb im Nebel zurück, alles rückte wieder an seinen angestammten Platz, und Janusz atmete auf. Noch einmal ein prüfender Blick in die Himmelsrichtungen, an das Ende des Dorfes, an das Ende der Felder und hinüber zur vier Kilometer entfernten Stadt, deren Kirche einen Kirchturm hatte, der Janusz's Meinung nach der höchste der Welt sein mußte.

Danach packte er das Paradies wieder ein. Er nahm sich Zeit, ließ erst Adam und Eva in der Blechschachtel verschwinden, dem folgten der brüllende Löwe, das Wildpferd, die Affen und Elefanten, von denen es zwei gab, die Gazellen, Giraffen, Palmen und zum Schluß die Tiere und Bäume, die Janusz aus der heimischen Natur kannte: ein schnürender Fuchs, Rehe und ein wunderschön radschlagender Pfau, Rosengesträuch und feinziselierte Tannenbäume.

Als Janusz das Paradies gefunden hatte, war er sofort zur Babka gelaufen. Die saß wie immer am Fenster, ließ sich in ihrer Wache nicht stören, die alten Augen fest auf die Einfahrt zum Schloß gerichtet.

»Ich muß dir was zeigen«, sagte Janusz und ließ den Inhalt des Blechkästchens scheppern. »Etwas, was du noch nie gesehen hast.«

Die Alte rührte sich nicht und sagte nur: »Wenn du frisches Brot haben willst, schneid dir einen Kanten ab.«

Janusz wollte kein Brot. Wütend, daß die Großmutter so wenig Notiz von dem nahm, was er ihr prophezeite, riß er das Kästchen auf. Und weil ihr Blick immer noch geradeaus über den Park hinweg die Gasse zum Kombinat kontrollierte, baute Janusz schnell und ordentlich wie ein Regiment Soldaten die Figuren des Paradieses der Großmutter vor die Nase aufs Fensterbrett. Da machten sie sich ebenso fremdartig aus wie oben auf dem Zwischendach.

Janusz drückte seine Finger so fest in die vom Alter dünn gewordenen Arme der Großmutter, daß er selbst glaubte, den Schmerz zu spüren.

»Das Paradies«, flüsterte er. »Ich habe es oben auf dem Dach zwischen den Dachsparren gefunden.«

Langsam wand sich die Großmutter aus dem Griff des Enkels, rieb den schmerzenden Arm und ließ endlich ihren Blick über das Fensterbrett gleiten.

»Auf dem Dach?« fragte sie. »Du sagst auf dem Dach?«

Die gichtigen Hände der Babka hatten Mühe, nach einem der zierlichen Gebilde zu greifen, ohne das nächststehende umzuwerfen. Alle wollte sie anfassen, wog sie zwischen ihren krummen Fingern, und Janusz fürchtete einen Augenblick, die Großmutter würde sie aus dem Fenster werfen. Ihr ganzer Körper straffte sich schon, und ihr Gesicht bekam einen Ausdruck, den Janusz nicht kannte. Sie stapelte die Figürchen alle übereinander in eine Hand, obenauf Adam und Eva.

Wenn sie jetzt mit Gewalt zudrückte, dachte Janusz, die Äste von den Bäumchen brach, der Giraffe den Hals, Eva vom Baum der Erkenntnis trennte und damit das Paradies zunichte machte, was dann?

Immer heftiger bereute Janusz, seinen Fund der Großmutter gezeigt zu haben. Sie schien ihn nicht wieder hergeben zu wollen und schloß jetzt tatsächlich die Faust, wenn auch ohne die befürchtete Kraft. Es wirkte eher, als müsse sie das Paradies vor ihren Augen verbergen. Janusz hörte, wie die Babka plötzlich stöhnte, und erschrak über das Zucken in ihren Mundwinkeln.

Eigentlich hatte er erwartet, daß sie etwas sagte, zumindest aber die kleinen Figuren bewunderte. Statt dessen wackelte sie mit dem Kopf und schien alles andere vor Augen zu haben, nur nicht das Paradies.

»Es gehört den Deutschen«, sagte sie schließlich nach einer endlos langen Pause.

»Gar nichts gehört den Deutschen«, schrie Janusz außer sich und enttäuscht über die Babka. »Mir gehört es, mir ganz allein.«

In seinem Zorn riß er der Großmutter alle Figuren aus der Hand und stopfte sie wieder in die Blechschachtel, lief zurück auf das Zwischendach und steckte das Paradies dahin zurück, wo er es gefunden hatte, zwischen Dachlatten und Sparren.

Das alles war Monate her, und die Babka hatte nie wieder nach dem Paradies gefragt, auch nicht, als es nun hieß, daß jeden Tag mit der Ankunft der Deutschen zu rechnen sei.

Janusz hatte schon öfter Besuche von Deutschen im Dorf erlebt, hatte mit anderen Kindern stumm zugesehen, wie die Fremden bei ihren Stippvisiten durch die Stuben und Ställe der Höfe schlichen, von denen man sie vertrieben hatte.

Fein sahen sie allemal aus, die Frauen, viel feiner und reicher als die Frauen im Dorf, trugen teure Kleidung und städtisches Schuhwerk. An ihren Armen baumelten große Handtaschen, aus denen sie Dosen mit Pulverkaffee holten, Kaugummi, Nylonstrümpfe und weiße Schokolade, mit der sie den Kindern die Mäuler zustopften.

Ein ums andere Mal schlugen sie die Hände über den Köpfen zusammen, zeigten auf allerhand Nebensächlichkeiten, die sie wiederzuerkennen glaubten, fotografierten, und von den Älteren weinte schon mal diese oder jene. Es kam auch vor, daß sich jemand eine Handvoll Erde aus dem Vorgarten eines Hauses ins mitgebrachte Säckchen füllte, Erde, die manche deutschen Grund und Boden nannten.

Wieso deutsch, fragte sich Janusz, nachdem ihm die Worte übersetzt worden waren, für mich ist das polnischer Grund und Boden.

Trotzdem hatten sich außer den Alten die Dorfbewohner mit den Jahren an diese kurzen Besuche gewöhnt, luden die Deutschen zu Kaffee und Kuchen oder Wodka in die Stuben ein, ließen sie fotografieren, was sie fotografieren wollten, störten sich nicht an den Säckchen, in denen sie Erde mitnahmen, und gaben, wenn eine Verständigung möglich war, bereitwillig Auskunft. Waren sie wieder abgefahren, die früheren Dorfbewohner, ging jeder an seine Arbeit zurück, und der Besuch wurde so schnell wieder vergessen, wie er gekommen war.

Für Janusz war diesmal die Situation eine andere, und das lag am Paradies. Mit der Ankunft dieser Deutschen glaubte er seinen Besitz bedroht, und die Frage, wem hier was gehörte, ging ihm nicht aus dem Kopf, auch wenn die Eltern wohl kaum auf die Idee kämen, ihm das Paradies wegzunehmen, um es der Deutschen als Andenken zu schenken.

Janusz lag ganz still auf dem Rücken, starrte in den blauen Himmel und auf das blaue Dach, in dem die roten Ziegel ein seltsames Muster ergaben, das Janusz schon ebensogut hätte nachzeichnen können wie die Ornamente auf den Kacheln des Ofens im Fernsehzimmer.

Den Himmelsrichtungen gönnte er keinen Blick, auch nicht dem Park und dem Dorf. Das alles hatte er im Kopf, und es bedurfte keiner Kontrolle. Vielmehr sann er darüber nach, ein neues Versteck für das Paradies zu suchen. Vielleicht sollte er ein Loch im Park graben, es zwischen das Bettzeug legen oder im Heu der Scheune einen sicheren Platz suchen. In Gedanken durchwanderte er das ganze Schloß und kam dabei auf die absurdesten Schlupfwinkel.

Als Marie von der Kreisstadt kommend in die Chaussee einbog, die, vier Kilometer lang, ins Dorf führte, erschrak sie. Auf den ersten Blick waren zwar die Häuser zu sehen, aber nicht der Turm des Schlosses. Den sah sie erst auf den zweiten Blick. Als sei er geschrumpft oder während der vier Jahrzehnte in die Erde gerutscht, überragte er nicht mehr die Bäume des Parks, sondern schimmerte nur mühsam erkennbar durch die mächtigen Kronen der Eichen und Platanen.

Nichts erinnerte mehr an das zu pompös geratene Schloß, das Maries prunksüchtige Urgroßmutter hatte bauen lassen und nach dessen Glanz jetzt die Urenkelin vergeblich Ausschau hielt.

Es war nicht das Auto mit dem westdeutschen Kennzeichen, das im Dorf auffiel, es war die nicht mehr junge Frau, die da plötzlich, von einigen Kindern in respektvollem Abstand begleitet, ohne Eile die Hofgasse entlang zum Schloß ging. Ihre Schritte hatten einen schleppenden Rhythmus, und ihre rechte Hand berührte in immer kürzer werdenden Abständen den rissigen Mörtel der Mauer, die den Park von der Gasse trennte.

Erst glaubten die Kinder, die Frau müsse sich stützen, verlöre langsam das Gleichgewicht oder fände in ihren städtischen Schuhen zwischen dem Kopfsteinpflaster keinen Halt. Dann begriffen sie aber, daß der Frau keineswegs schwindlig war, sondern daß sie im Takt ihrer Schritte etwas abzählte, was auf der Mauer zu suchen sein mußte. Also folgten sie dem Beispiel, entdeckten aber nichts.

Woher sollten sie auch wissen, daß Marie nur einen Kindervers aufsagte. Einen, der ihr im Krieg untersagt worden war, erst recht, als der Vater in der Uniform eines Majors auf Fronturlaub kam. Nur Marie vergaß das Verbot, sang trotzdem mal laut, mal leise den alten Abzählreim vor sich hin, den sie jetzt im Geiste herunterleierte und zu dem sie jeweils beim letzten Wort mit der Hand auf die Mauer tippte.

... Edelmann, Bettelmann, Doktor, Pastor, König, Bauer, Lump, Major.

Hatte sie zehnmal den Reim heruntergerattert, wußte sie mit geschlossenen Augen, daß sie am Ende der Parkmauer angelangt war.

Aber ihre Schritte waren länger geworden, und bevor sie den zehnten Major in sich hineingemurmelt hatte, war das Ende der Mauer längst erreicht.

Marie blieb stehen, sah sich um und in die neugierigen Gesichter der hinter ihr stehenden Kinder. Wie sie kicherten und sich gegenseitig anstießen, das machte Marie verlegen.

Um sie loszuwerden, holte sie aus ihrer Tasche Bonbons, die sie ihnen wortlos in der Hoffnung anbot, daß sie sich davonmachten. Doch die Kinder dachten nicht daran, kicherten noch lauter, kamen noch dichter, umringten sie, die Großen vorne, die Kleinen hinten, ganz versessen auf die Tasche, in der sie noch mehr Süßigkeiten vermuteten.

»Haut ab«, sagte Marie. »Verschwindet, so schnell, wie's geht!«

Die Kinder blieben, lächelten und bewegten sich mit ihr Schritt für Schritt schweigend vorwärts. Auch miteinander sprachen sie kein Wort, verständigten sich mit Blicken oder mit diesem jetzt nur noch leise hörbaren Gekicher. Ihre kleinen Körper berührten Marie immer öfter, streiften ihren Rock, ihren Arm, drängelten sich um sie herum wie junge Katzen, nur auf Bonbons aus.

Marie wurde diese Nähe unerträglich, noch mehr diese kleinen rauhen Hände, die die Kinder immer ungenierter ausstreckten, die Gesichter, aus denen das Lächeln nicht wich, und diese Münder, aus denen kein Wort kam.

So warf sie mit einem Mal alle Bonbons im hohen Bogen und so weit weg wie möglich auf die Gasse. Im selben Augenblick ließen sich alle Kinder zu Boden fallen und pickten unter Geschubse und plötzlichem Gekreische die Süßigkeiten zwischen den Pflastersteinen weg.

Marie sah ihnen nicht zu. Sie nutzte die günstige Gelegenheit, unbemerkt um die Ecke der Parkmauer und damit aus dem Blickfeld der Kinder zu gelangen.

Jetzt lag das Schloß vor ihr, grau und ramponiert, ohne Blumen auf dem Mäuerchen entlang der Einfahrt. Die Veranda, die zum Eßzimmer gehörte und nach Norden lag und auf der während der heißen Sommertage der Nachmittagstee getrunken wurde – die Veranda war weg und die Tür zum Eßzimmer zugemauert. Auch andere Fenster waren verschwunden. Ins Souterrain führten neu geschaffene Eingänge, die das gewohnte Bild durcheinanderbrachten.

Auch die Kastanie, unter der Marie als Kind oft gespielt hatte, fehlte, ebenso das Tor, das früher Fremde davon abhielt, den Park zu betreten.

Jetzt konnte hier jeder rein, durfte nach Lust herumlaufen, wo er wollte, auch Marie. Aber sie machte keinen Gebrauch davon, noch nicht, fürchtete die Kinder, die gleich wieder hinter der Mauer hervorkommen würden, um sich an ihre Fersen zu heften.

Von Erwachsenen keine Spur.

Die Tür des Portals, früher von Maries Vater stets verschlossen, stand offen.

Eine Klingel war nicht zu finden, und die Zacken der schmiedeeisernen Krone über den Initialen der prunksüchtigen Urgroßmutter mußte jemand vor Jahr und Tag abgesägt haben. Nur das Ächzen der Türangeln war das gleiche geblieben.

Marie schlug ein fremder Geruch entgegen. Hier roch es nach abgestandenen Suppen und Kohl, nach billigen Putzmitteln und etwas, was Marie sich nicht erklären konnte, was sie als muffig empfand und wofür sie jetzt die im Schloß wohnenden Polen verantwortlich machte.

Kein Teppich führte vom Entree die Stufen zum Flur hinauf, kein Bild hing an den Wänden, kein Schrank, keine Truhen füllten die Nischen. Marie glaubte das Echo ihres Atems zu hören. Ihr Blick kroch über die senfgelbe Ölfarbe, mit der sogar die kleinen Putten im oberen Wandbogen angepinselt waren.

Hier sah sie nichts, was noch etwas mit der Vergangenheit zu tun hatte.

Statt endlich in die Erinnerung zurückzubringen, was im Lauf ihres Lebens auf der Strecke geblieben war, schien alles für immer in dieser senfgelben Ölfarbe versunken zu sein. Marie wagte keinen Schritt vorwärts, bevor sie nicht ihr Gedächtnis in Ordnung gebracht hatte.

Aber auch hinter den geschlossenen Lidern rückten sich die Bilder der Vergangenheit nicht zurecht. Es blieb bei der Leere, dem Mief und der Ölfarbe. Ein Geräusch kam hinzu, ein Rascheln, ein Gleiten, ein Hopsen.

Marie wußte sofort, daß jemand das Treppengeländer herunterrutschte, wahrscheinlich mit ausgebreiteten Armen, so wie sie früher mit ausgebreiteten Armen abwärts geglitten war. Ein Junge stand vor ihr.

»Ich habe keine Bonbons mehr«, sagte Marie, ohne daß Janusz ein Wort von dem, was sie sagte, verstand. Zu breitbeinig für seine Größe, baute er sich vor ihr auf und sagte: »Jestem Janusz.« Was soviel heißt wie: Mein Name ist Janusz.

Leicht fiel ihm das nicht. Knallrot wurde er dabei, und es hätte nicht viel gefehlt, daß er davongelaufen wäre, quer durch den Flur zur Hintertreppe.

Marie sagte die einzigen beiden Worte, die sie auf polnisch konnte: »Dzień dobry.« Guten Tag.

Danach entstand eine Pause, in der sich beide, unabhängig von ihrem Alter und ihrer Nationalität, insgeheim fragten, wer hier eigentlich zu Hause sei. Sie betrachteten sich stumm, ganz und gar unschlüssig, was sie weiter sagen oder tun sollten.

Janusz's Beine rutschten noch ein klein wenig mehr auseinander. Am liebsten hätte er noch beide Arme seitlich ausgestreckt. Aber das zu tun traute er sich nicht. Ehrlich gestanden hoffte er, daß seine Haltung der eines Polizisten ähnelte und die Frau davon abhielt, näher zu treten.

Und Marie? Ihr polnischer Gruß war unerwidert geblieben. Dieser Junge, nicht älter als sie damals zum Zeitpunkt der Flucht, verwirrte sie in seiner unübersehbaren Ablehnung. Offensichtlich glaubte er, ihr den Eintritt ins eigene Elternhaus verwehren zu müssen, war voller Feindschaft und von den Erwachsenen aufgehetzt.

Wie sollte sie ihm klarmachen, daß ihr Besuch nur der Vergangenheit galt: den ersten zehn Jahren ihres Lebens und dem Wiederfinden einer alten Blechschachtel?

»Weißt du«, sagte sie freundlich und leise auf deutsch, »ich möchte nichts anderes als durch mein Elternhaus gehen, durch die Küche, die Flure und Zimmer, über die Treppe hinauf in den Turm und von dort auf das Zwischendach, wo ich als Kind das Paradies versteckt habe.«

Während sie sprach, war sie lächelnd und mit ausgestreckter Hand auf Janusz zugegangen, um ihn zu streicheln und versöhnlich zu stimmen. Janusz hatte mit dieser Geste nicht gerechnet, nicht mit dieser unerwarteten Herzlichkeit.

Obwohl er kein Wort verstand, wich er nicht zurück, sondern zeigte sich fast schon bereit, seinerseits die Hand auszustrecken, als das Wort Paradies fiel, das er von der Babka her kannte.

Es fuhr Janusz in die Ohren und löste dort Alarm aus. Seine Gedanken überschlugen sich. Er wußte sofort, daß ihm keine Zeit blieb. Er mußte, ob er wollte oder nicht, zum Angriff übergehen, oder das Paradies kam ihm abhanden.

Aber was ihm auch einfiel, mit seinen zehn Jahren würde jedes eigenmächtige Handeln die Schelte des Herrn Direktor oder eine Strafe des Vaters zur Folge haben.

Blieb also nur die Babka, die Tag für Tag am Fenster auf Fremde lauerte und nun, wo eine da war, deren Ankunft verpaßt und statt der Einfahrt zum Kombinat den Schlaf im Auge gehabt hatte.

Janusz schrie. Er schrie so laut nach der Großmutter, daß sich seine Stimme an den Wänden brach, das ganze Treppenhaus erfüllte und Marie aus der Tür des Portals trieb. Draußen warteten inzwischen doppelt so viele Kinder wie zuvor, immer noch stumm, lächelnd, bereit, ihr nachzulaufen, egal wohin sie sich wandte. Nur ins Schloß wollten sie ihr nicht folgen, wo das Gezeter von Janusz noch immer kein Ende genommen hatte.

Marie entschloß sich, ums Haus zu gehen, hinein in den Park – die Kinder mit immer gleichem Abstand hinter ihr her.

Auch auf der Gartenseite fehlte die große zweiseitige Veranda. Der Wintergarten mit seinen hohen gläsernen Fenstern war abgerissen, und statt dessen führte über eine neue Treppe ein häßlicher Eingang direkt ins ehemalige Damenzimmer. Das Schloß wirkte wie ein lächerliches Überbleibsel aus besseren Zeiten.

Ein einziges Mal war Marie um das Schloß herumgelaufen, dann stand sie wieder vor der Portaltür. Sie fühlte sich in einen Zustand der Dumpfheit versetzt, der sie unfähig machte, auch nur den kleinsten Entschluß zu fassen. Sie saß auf dem abbröckelnden Mauerende der Einfahrt und blieb dort sitzen, bis ein Auto vorfuhr und eine füllige Frau ausstieg. Allein mit einer Handbewegung gelang es ihr, die Kinder wegzujagen. Sie hob nur die Hände, wischte damit durch die Luft, und schon stoben die Kinder um die Ecke und davon.

»Entschuldigen Sie«, sagte die Frau mit starkem Akzent, »aber ich habe Sie in der Verwaltung erwartet. Das Clubhaus hier wird nur abends benutzt.«

»Clubhaus?«

Die Frau lächelte höflich, gab Marie die Hand und stellte sich als die Frau des Kombinatsdirektors vor. Ihr unterstehe das Clubhaus, sagte sie, und wenn Marie es wünsche, könne sie es sich ansehen.

Mit keinem Wort erwähnte die Frau Direktor, daß es sich hier um Maries Elternhaus handelte, sie fragte auch nicht nach dem Verlauf der Reise oder nach Maries Schwestern Laura und Anna, die beide schon einmal nach dem Krieg hiergewesen waren. Sie klimperte nur mit einem großen Schlüsselbund, das zwischen ihren dicken Fingern hing, und ging, ohne Maries Zustimmung oder Ablehnung abzuwarten, voran ins Haus.

Schon allein wie selbstverständlich sie mit den Schlüsseln hantierte, die Stufen zum Flur hinaufstieg, wie ihr Hintern schwankte und die Türöffnung ausfüllte, als sie den ehemaligen Salon betraten, das machte Marie zornig.

Alle Zimmer waren mit dieser häßlichen Ölfarbe gestrichen, während in Schulterhöhe eine primitive Holztäfelung angebracht war. Kein Fleckchen Teppich lag auf dem Fußboden, und an den Wänden hingen in merkwürdig angeordneten großen Buchstaben politische Parolen. Mehrere viereckige Tische, mit dünnen Holzplatten und Stahlrohrbeinen versehen, standen herum, dazu Stühle mit roten Plastikbezügen.

Die Frau Direktor nannte das Ganze Café-Stube und sah dabei zufrieden von einem leeren Tisch zum anderen.

Fast gegen ihren Willen begann Marie, leise zu schildern, wie dieser Raum früher ausgesehen hatte, erwähnte die Vitrine mit den wertvollen Antiquitäten aus dem jahrhundertealten Familienbesitz. Marie beschrieb die Bilder, die kleinen Barocktische, die Truhe aus Ebenholz mit den Efeublättern aus Perlmutt, das Kanapee und die Marmorputten auf dem Kaminsims, deren Haltung ihr plötzlich wieder einfiel. Marie ließ es nicht an Genauigkeit fehlen und verstummte erst, als die Frau Direktor sie unterbrach.

»Entschuldigen Sie«, sagte die Frau kühl, »das hier ist jetzt ein Haus, das dem Dorf gehört. Da brauchen wir keine Kanapees, keine Truhen aus Ebenholz, und schon gar nicht Vitrinen. Wir brauchen Tische und Stühle, auf denen die Leute sitzen können, um sich ihre Bücher anzusehen, die sie sich in der Bibliothek geholt haben.«

Sie führte Marie vom ehemaligen Salon in das ehemalige Eßzimmer, das statt mit dem großen ovalen Tisch und den hochlehnigen, prächtigen Stühlen möbliert, jetzt mit Bücherregalen vollgestellt war. Auch hier hingen Parolen an den Wänden, und wo früher das große Büfett stand, entdeckte Marie jetzt einen mickrigen Schreibtisch, an dem die Aus- und Rückgabe der dreitausend Bände registriert wurde.

So erklärte es die Frau Direktor, und ihr Gesicht drückte dabei so viel Freude aus, daß Marie mit keinem Wort mehr auf früher zu sprechen kam. Besonderen Spaß machte es der Frau Direktor, Marie den Saal zu zeigen, in dem vor dem Krieg Bälle und große Diners stattgefunden hatten und der jetzt der Dorfjugend zur Verfügung stand. Es gab keinen Raum im Schloß, der nicht irgendeiner Funktion diente, wenn auch einer ganz anderen als zur Zeit von Maries Kindheit.

»Ich möchte auf den Turm«, sagte Marie schließlich.

»Auf den Turm?« fragte die Frau Direktor verwundert. »Dort gibt es nichts zu besichtigen, warum wollen Sie ausgerechnet da hinauf?«

»Nur so«, antwortete Marie, »ich wünsche es mir.«

Da verlor die Frau Direktor das Interesse, Marie mehr zu zeigen. Sie öffnete nur noch wortkarg und in ihrem behäbig schaukelnden Gang diese und jene Tür. Da sie nichts mehr erklärte und Marie auch nichts fragte, bekam die Besichtigung unversehens den Charakter einer Kontrolle.

Als Marie schließlich im oberen Stock den langgestreckten Raum mit den Bauernstühlen und dem schweren Holztisch betrat, an dem der Herr Direktor seine Gäste zu bewirten pflegte, konnte Marie ihren Spott nicht mehr zurückhalten.

»Das hier«, sagte sie, »war früher eine Rumpelkammer. Hier standen Truhen mit alten Uniformen. Nicht mehr zu benutzendes Porzellan, Weihnachtsschmuck und ausrangierte Möbel wurden hier aufbewahrt.«

Marie begann plötzlich zu lachen. Nicht laut, mehr tonlos, aber es wäre vielleicht in ein echtes Lachen umgeschlagen, wenn nicht plötzlich Janusz in der Tür gestanden hätte.

Er haspelte etwas herunter, was ihm wohl aufgetragen worden war. Nur schien die Frau Direktor damit nicht einverstanden zu sein. Sie schüttelte den Kopf und wollte den Jungen aus der Tür schieben. Aber der ließ sich nicht abweisen, zeigte, ohne Marie anzusehen, mit dem Finger auf sie und wiederholte alles, was er schon einmal gesagt hatte.

»Was will er denn?« fragte Marie.

»Seine Großmutter«, sagte die Frau Direktor, »die kennt Sie von früher und möchte Sie begrüßen.«

»Mich?« Marie war verlegen, sah auf die Uhr und mochte sich jetzt nicht auf einen Gang ins Dorf einlassen. Aber ehe sie sich eine Ausrede zurechtlegte, öffnete der Junge schon die Tür und ging den Flur voran in das ehemalige blaue Zimmer.

Auch dieser Raum war kaum wiederzuerkennen. Nichts mehr von blauer Blumentapete und blauen Vorhängen. Die Wände waren gelb gestrichen und ähnelten eher dem Flur einer Mietswohnung. Gestickte und gehäkelte Kissen auf dem Sofa, eine Kristallschale auf dem Tisch, Blumenständer, Deckchen und eine große Puppe, die in farbenfrohem Taft auf einem Bett thronte, zeugten von einer Gemütlichkeit, die auf Marie fatal wirkte.

Zwischen Tisch und Sofa stand klein und krumm eine alte Frau, deren hageres Gesicht sich aus einem zu großen Kopftuch heraus dem Gast zuwandte.

»Ich kenne Sie nicht«, sagte Marie verlegen, nachdem sie gegrüßt hatte, und fügte entschuldigend hinzu, daß sie ja damals erst zehn Jahre alt gewesen sei.

Die alte Frau verzog keine Miene. Wie aus dem Boden gewachsen stand sie da im ehemaligen blauen Zimmer, von dem nur noch die Fensterrahmen, die Länge und die Breite des Raumes an früher erinnerten.

»Heute ist er zehn Jahre alt«, sagte die Alte, griff nach Janusz und zog ihn zu sich heran. »Er ist hier geboren, im Schloß aufgewachsen, so wie Sie damals.«

Sie wollte noch mehr hinzufügen, Janusz ahnte es. Sie würde gern der Deutschen das Reiterbild beschreiben, den Salon mit den weißgoldenen Möbeln, das Damenzimmer und was sie sonst noch alles in ihrem Gedächtnis aufbewahrt hatte. Aber die Babka kam nicht dazu. Die Frau Direktor schnitt ihr das Wort ab und sagte, wenn sich die Deutsche nicht an die Babka erinnern könne, sei eine Unterhaltung zwecklos und halte nur jeden von der Arbeit ab. Was sie beträfe, so müsse sie jetzt in die Verwaltung, wo man auf sie warte.

Die Babka war mit diesem abrupten Ende des gerade begonnenen Besuchs der Deutschen nicht einverstanden. Sie öffnete die Lippen, schloß sie wieder, schluckte und sagte: »Ich war bei Ihrem Vater Zwangsarbeiterin.«

Marie hob die Schultern und versuchte ein Lächeln, auf das die Babka nicht reagierte, sondern sie fiel in ihre Unbeweglichkeit zurück und stand wie ausgestopft mitten im Zimmer. Sie erwartete, erkannt zu werden, und wäre sogar bereit gewesen, noch diesen oder jenen Hinweis zu geben.

Aber die Frau Direktor hob die Hände und fuhr damit ebenso durch die Luft wie vorhin, als sie die Kinder vertrieben hatte, und sagte: »Mich entschuldigen Sie bitte.«

Es folgte ein Händedruck ohne Herzlichkeit, ein gleichgültiger Blick, kein Auf Wiedersehn. Dann wandte sie sich an Janusz und warf ihm ein paar Worte zu, die den Jungen blaß werden ließen.

Die Deutsche, so sagte sie zu ihm auf polnisch, die hätte den Wunsch geäußert, auf den Turm zu steigen. Er wisse ja dort oben Bescheid. Und damit ließ sie den Gast mit knappem Gruß bei der Babka zurück.

So plötzlich sich selbst überlassen, wußten weder Marie noch die Großmutter etwas zu sagen. Einem war des anderen Gegenwart nicht geheuer, und jeder überlegte, wie die ungewöhnliche Situation zu meistern sei.

Janusz war drauf und dran wegzulaufen. Aber die Babka hielt ihn am Ohr fest und zischelte etwas von einer ausgleichenden Gerechtigkeit.

Vorsichtig trat Marie ans Fenster und sah hinaus in den Park, auf die Bäume, auf die Platanen, die Eichen, die Buchen und die Linde, zwischen denen jetzt endlich Bilder aus ihrer Kindheit auftauchten, aber ebenso schnell wieder verschwanden.

Bilder, die keinen Zusammenhang hatten und auf Marie wie durcheinandergeworfene Fotos wirkten und immer nur auf die gleiche Frage zurückführten: Wo ist das Paradies?

Die Babka hatte Marie Zeit gelassen. Sie hätte es wohl ungern zugegeben, aber die Deutsche tat ihr leid, wie sie mit vorgebeugtem Kopf aus dem Fenster starrte, als wenn sonst was im Park vor sich ginge.

Auch Janusz wäre eine Unterhaltung der Erwachsenen lieber gewesen, selbst wenn er sie nicht verstanden hätte.

Er machte der Babka ein Zeichen und tippte auf sein Hemd, unter dem die Blechschachtel im Hosenbund steckte. Die Großmutter winkte ab, goß glucksend Wodka in zwei Gläser und hoffte, mit diesem Geräusch die Deutsche aus ihrer Abwesenheit zu locken. Nur half das Glucksen nichts, Marie rührte sich nicht. Janusz hätte schwören können, daß nicht einmal ihre Lider über den Augäpfeln zuckten, als die Babka auf die Deutsche zuging, in Armlänge hinter ihr stehenblieb und ihr auf die Schulter tippte.

Dabei sagte sie etwas auf deutsch: »Nicht jeder, der Glück hat, ist auch glücklich.«

Da fuhr die Deutsche herum, und es schossen ihr so unerwartet Tränen aus den Augen, daß Janusz gar nicht wußte, wohin er sehen sollte. Er trat zurück, kam mit einem Fuß auf den Bettvorleger zu stehen, glitt darauf aus und fiel hin.

Das wäre nicht weiter schlimm gewesen, er hatte sich auch nicht weh getan.

Aber die Blechschachtel – die war ihm dabei aus dem Hosenbund gerutscht, schlug scheppernd auf den Fußboden, öffnete sich, und alle Zinnfiguren, Löwe, Affe, Giraffe, Hirsch, Reh, Fuchs, Elefant, Wildpferd und was sonst noch samt Adam und Eva zu dem Paradies gehörte, breitete sich zwischen Bett, Tisch, Stühlen, den Füßen der Deutschen, Babka und ihm aus.

Es war nicht festzustellen, wer schneller war, Marie oder Janusz. Plötzlich knieten beide auf dem Fußboden, und während sich Janusz beeilte, alles, was er greifen konnte, zurück in die Blechschachtel zu befördern, bewegten sich Maries Hände ganz langsam, hielten die eine oder andere Zinnfigur ans Licht, oder sie fuhr mit dem Finger darüber. Nichts von dem, was sie aufsammelte, gab sie Janusz zurück. Im Gegenteil, sie schien zu erwarten, daß der Junge ihr jetzt die zur Hälfte gefüllte Blechschachtel reichte. Immer noch unter Tränen sagte sie: »Mein Paradies, das ist mein Paradies.«

Janusz starrte ihr ins Gesicht. Am liebsten hätte er ihr auch die restlichen Figuren aus den Händen gerissen. Jetzt machten ihn ihre Tränen nicht mehr verlegen, eher wütend, und er wandte sich an die Großmutter, die stumm, mit zwei gefüllten Wodkagläsern in der Hand, neben dem Tisch stand.

»Es gehört mir«, schrie Janusz, »sag der Deutschen, daß das Paradies mir gehört.«

Und weil die Babka keine Anstalten machte, seine Worte zu übersetzen, fügte er altklug hinzu, was die Großmutter ihm, seit er denken konnte, eingehämmert hatte.

»Es ist mein Elternhaus, in dem ich das Paradies gefunden habe.«

Auch das übersetzte die Großmutter nicht. Sie wirkte auf Janusz so fremd, so unsicher, wie er sie gar nicht kannte, und einen Augenblick glaubte er schon, sie würde die beiden Wodkas allein runterkippen.

Marie hatte sich vom Fußboden erhoben und stellte die Zinnfiguren auf den Tisch, wo sie sie unentwegt hin und her schob.

»Als wir wegmußten«, sagte sie, »als ich zehn Jahre alt war – verstehen Sie – zehn Jahre alt, da habe ich diese Zinnfiguren in dieser Blechschachtel oben auf dem Zwischendach neben dem Turm unter den Schieferschindeln versteckt.«

Keine Antwort.

Statt dessen reichte die Großmutter Marie eins der Gläser, und Marie trank es aus.

Auch die Großmutter nippte an ihrem Glas. Schließlich sagte sie in ihrem schleppenden, kaum noch benutzten Deutsch: »Wie soll der Janusz verstehen, was Sie sagen, er spricht nur Polnisch.«

»Sie können es doch übersetzen.«

»Aber ich will nicht«, sagte die Alte, und die vier Worte ihres Widerspruchs schienen sie viel Mühe zu kosten. Sie sah Marie nicht an, auch nicht Janusz, der darauf brannte zu hören, was die Deutsche zur Babka gesagt hatte. Sie nahm nur wortlos die Flasche in die Hand und goß Maries Glas ein zweites Mal voll. Dabei zitterten ihre Hände, und sie verschüttete den Wodka, so daß die Zinnfiguren etwas abkriegten.

»Ostrożnie!« rief Janusz warnend, und Marie griff schnell nach dem Löwen. »Ostrożnie«, ahmte sie den Jungen leise nach, hob den Löwen vor ihr Gesicht und blies ihm vorsichtig in die Nase, so wie sie es als Kind gemacht hatte. Aber der Löwe wurde nicht größer. Er hob weder Pfote noch Kopf. Er blieb, was er war, eine bunt bemalte Zinnfigur, ein kleiner Löwe, der Marie nicht mehr beschützen konnte.

Die Großmutter hatte erst angenommen, Marie wollte den kleinen Löwen küssen. So sah es jedenfalls aus. Doch als die Deutsche auf das Zinn blies, wurde die Babka böse.

»Da ist nichts schmutzig«, sagte sie. »Bei mir ist es sauber, keine polnische Wirtschaft, wie Sie vielleicht denken.«

Marie ließ sich den Löwen nicht wegnehmen und hielt jetzt auch über die anderen Figuren schützend die Hand. Dann drehte sie sich unverhofft zu Janusz und gab ihm den Löwen, den er ohne zu zögern in die Blechschachtel steckte, um sofort auf die nächste Figur zu zeigen.

Einzeln ließ er sie sich von Marie geben. Er bat nicht, er hielt ihr nur so lange seine geöffnete Hand hin, bis das ganze Paradies wieder vollständig in der Blechschachtel beisammen lag.

Alles war so schnell vonstatten gegangen, daß die Großmutter glaubte, der Höflichkeit halber eingreifen zu müssen. »Bedank dich, Janusz«, sagte sie. »Bedank dich bei der Deutschen.«

Aber Janusz bedankte sich nicht. Ein kaum wahrnehmbares Lächeln zog über sein Gesicht, mit dem er sich, das Paradies in der Blechschachtel unterm Hemd, aus dem Zimmer stahl.

Marie wäre dem Kind gern gefolgt, aber sie war dazu nicht fähig, hockte teilnahmslos auf ihrem Stuhl und sah schon wieder aus dem Fenster, die Wipfel der Bäume im Blickfeld, in denen wie eh und je die Ringeltauben gurrten. Unterdessen begann die Großmutter, ohne Maries Aufmerksamkeit abzuwarten, von ihrem Schicksal zu erzählen, berichtete von ihrer Vertreibung, beschrieb ein Haus und einen Garten, Ställe und Felder, von denen man sie fortgejagt hatte.

»Und was hat das mit mir zu tun?« fragte Marie.

Die Großmutter schwieg und war plötzlich nicht mehr bereit, den soeben angefangenen Satz zu beenden. Sie klappte den Mund wieder zu und legte den Finger darauf, als habe sie jemandem zu Unrecht vertraut.

Als Janusz jetzt wieder das Zimmer betrat, sagte sie auf polnisch zu ihm: »Führ sie auf den Turm, führ sie rauf, wie es die Frau Direktor gesagt hat!« Erst dann entschied sie sich nach kurzem Zögern, Marie in polnischer Sprache zu verabschieden.

Sie sagte: »Do widzenia«, und Marie antwortete: »Auf Wiedersehn.«

Janusz wählte den kürzeren Weg zum Turm, an den Arzträumen und dem holzgetäfelten Zimmer vorbei, in dem der Herr Direktor mit Gästen zu speisen pflegte.

Als Marie merkte, wohin sie Janusz führen wollte, blieb sie stehen.

»Nein«, sagte sie, »was soll ich noch auf dem Turm?«

Janusz zeigte sich hartnäckig, griff nach ihrer Hand, obwohl ihm das peinlich war, und tatsächlich stiegen sie dann für kurze Zeit gemeinsam vereint die Stufen der Turmtreppe hinauf, bis sie auf dem Zwischendach angelangt waren.

Marie wagte weder einen Blick nach Osten, wo früher die polnischen Wälder den Horizont abschlossen, noch nach Westen, wo der Kirchturm der Kreisstadt himmelwärts über das platte Land ragte. Marie fürchtete, abermals in Tränen auszubrechen.

Da war es schon leichter, dieses Flickwerk der roten Dachziegel zwischen dem ehrwürdigen graublauen Schiefer zu betrachten. Am wenigsten paßte das Lächeln des Jungen hierher. Er ließ ihr keine Ruhe, trieb sie mit Gesten und kleinen Worten vorwärts, bis sie die Stelle erreichte, die sie damals als Zehnjährige für das Versteck des Paradieses gewählt hatte.

Und weil es der Junge so brennend zu erwarten schien, zählte sie von der Turmwand ausgehend die Dachziegel ab, die jetzt rot waren, hob einen davon hoch und fand zu ihrer Verwunderung das Blechkästchen vor. Zwar war es nicht mehr in gelblichen Billrothbatist gewickelt und nicht rostig, sondern sauber und blank, wie sie es eben noch unter dem Hemd von Janusz hatte verschwinden sehen.

Marie mußte sich bücken, um es hervorzuziehen, ohne daß Janusz ihr dabei zusah.

Er hatte ihr den Rücken zugekehrt, stand am Rande des Daches und sah über die Felder des Kombinats, als ginge sie ihn nichts an.

Er wird doch nicht, dachte Marie, er wird mir doch nicht freiwillig das Paradies zurückgeben und Gnade vor Recht gehen lassen? Er wird doch nicht mit seinen zehn Jahren im Gegensatz zu seiner Großmutter mir gegenüber Verständnis zeigen?

Weiß der Himmel, was Marie noch alles dachte, bis sie die Blechschachtel endlich öffnete und nichts anderes darin vorfand als den Löwen.

Jetzt drehte sich der Junge um. Wieder fand sie dieses Lächeln in seinem Gesicht, und endlich begriff Marie, daß der Junge ihr den Löwen nicht zurückgab, sondern ihn ihr zum Geschenk machte.

Da sie nicht miteinander reden konnten, stellte sie sich ein Weilchen neben ihn, legte ihre Hand auf seine Schulter und sah mit ihm gemeinsam erst über die Felder nach Osten und später, als Marie endlich das Lächeln des Kindes erwiderte, nach Westen, wo der Kirchturm der Kreisstadt himmelwärts über das platte Land ragte.

Der Löwe

Seit Maries Besuch in Polen waren fünfzehn Jahre vergangen, und noch immer saß die Babka im Schloß an ihrem Fenster und starrte hinaus. Zwar wußte jedermann, daß sie kaum weiter als drei Meter sehen konnte, aber das gab sie nicht zu. Seit eh und je sagten die einen im Dorf, sie lauere wie ein Hofhund auf Fremde, während die anderen behaupteten, es sei nur der Haß auf die Deutschen, der sie noch am Leben halte, und wieder andere meinten, sie sei ganz einfach verrückt. Das eine stimmte so wenig wie das andere.

Die Babka saß zwar am Fenster und starrte hinaus, aber sie lauerte niemandem mehr auf, auch war es nicht der Haß, der sie am Leben hielt, und am allerwenigsten war sie verrückt. Nur das Reden hatte sie aufgegeben. Das war ganz allmählich vonstatten gegangen. Erst hatte sie das Fragen eingestellt und Monate später das Antworten verweigert. Schließlich erwiderte sie auch keinen Gruß mehr, wackelte höchstens mit dem Kopf oder ließ, ähnlich einem Huhn, ihre hauchdünnen und mittlerweile wimpernlosen Lider über die Augäpfel klappen, die milchglasig und bewegungslos in den Höhlen hingen, als blickten sie mehr nach innen als nach außen.

Und so war es auch. Die Babka lebte nur noch in der Erinnerung. Eine Erinnerung, die niemand mehr kannte, denn alle, die sie mit ihr hätten teilen können, waren inzwischen gestorben. Und was für sie noch schlimmer war: Es schien sich niemand mehr dafür zu interessieren. Der Sohn, mittlerweile schon in Rente, hatte seine eigenen Erinnerungen. Und für Janusz, den Enkel, inzwischen Lehrer, verheiratet und Vater einer kleinen Tochter, zählten die Erinnerungen der Babka zu den Kindheitsgeschichten, die mit der Zeit an Realität verloren hatten.

Also hatte es sich die Babka angewöhnt, den Mund zu halten. Tatsache war, daß sie kaum noch etwas sah. Schon gar nicht die Wipfel der Platanen und Kastanien, die das Schloß umringten und keinen Blick zur Straße hin zuließen. Auch die sich ständig vermehrenden Ringeltauben waren für die Babka nur noch zu hören. Und selbst von der neunjährigen Urenkelin Danka erkannte sie gerade mal die Umrisse und das flachsblonde Haar. Alles andere, sogar die Länge der Zöpfe, mußte die Babka ertasten, was Danka unheimlich war und sie deshalb stets Abstand von der Urgroßmutter halten ließ.

Das alles störte die alte Frau nicht mehr. Seit über fünfzig Jahren kannte sie den Ausblick aus ihrem Fenster, kannte das Grün der Bäume, das Perlgrau der Tauben, die Kurve der Einfahrt zum Schloß, die weißen und blauen Krokusse auf dem Stück Rasen im Frühling, den Löwenzahn im Sommer und den Schnee im Winter. Sie kannte die Länge und die Breite der Felder, die eben, wie plattgewalzt, bis zum vier Kilometer weit entfernten Wald reichten, der lückenlos den Horizont abdeckte. Mit den Jahren hatte sie lange genug die Aussicht studiert, brauchte sie nicht mehr anzuschauen und wandte sich lieber dem zu, was nicht mehr zu betrachten war, der Vergangenheit.

Noch bevor sie mit den Eltern im Jahre 1940 von den Deutschen vom Hof gejagt worden war, stieß sie eines

Sonntags beim Pilzesuchen im Polnischen auf Martin Gutschke. Sie kannten sich von Hochzeiten, Beerdigungen und Erntefesten her. Ihre Eltern waren als Kinder Nachbarn gewesen, und es hieß, Martin und die Babka, deren Taufname Jadwiga war, hätten sogar eine gemeinsame Tante. Von Feier zu Feier waren sie sich nähergekommen, und kurz vor Ausbruch des Krieges hatten sie sich bei besagtem Pilzesuchen versprochen.

Es war die Zeit der Pfifferlinge, Stockschwämmchen, Semmel- und Schirmpilze. Man mußte sich auskennen. Als Jadwiga unverhofft Martin auf einem der Waldwege begegnete, stieg ihr vor Freude die Röte vom Hals bis unter die Haarwurzeln. In ihrer beider Verlegenheit, sich so unerwartet zu sehen, wußten sie nicht, was sie sagen sollten, zeigten sich dafür aber stumm, was sie bisher an Pilzen in ihren Körben hatten. Und weil Jadwiga nicht aufhörte, über den Steinpilz zu staunen, der vor der Zeit zu einer verblüffenden Größe herangewachsen war, schenkte Martin ihn ihr. Auf dem kräftigen Stil saß der handtellergroße Hut, überzogen mit einer zartbraunen seidigen Haut, der ein wunderbarer Duft entstieg.

Jetzt, in der Erinnerung, wuchs der Hut, unter dem Martin Jadwiga küßte und sie sich das Ja-Wort gaben, zu unnatürlicher Größe an.

Danka, die Urenkelin, die im gehörigen Abstand von der Urgroßmutter am Tisch saß und, statt ihre Hausaufgaben zu machen, die Urgroßmutter betrachtete, sah plötzlich ein ganz und gar fremdes Lächeln über deren Gesicht ziehen. Und weil sie den Vater die Treppe heraufkommen hörte, lief sie ihm entgegen und erzählte erregt, daß die Großmutter am Fenster sitze und nur noch lächelte.

»Schön wär's«, sagte Janusz, der Vater, der seiner

Tochter nicht glaubte. Als er das Zimmer betrat, war das Lächeln aus dem Gesicht der Babka verschwunden, war sie längst in ihrer Erinnerung weitergezogen, war jetzt bei der Vertreibung von Haus und Hof, bei Prügel, Mord und Totschlag, den Tränen der Mutter, dem letzten Blick auf den elterlichen Hof, in dessen Ställen die ungemolkenen Kühe brüllten. Die Hühner und Enten hatte Jadwiga noch hinausgelassen, auch den Hund von der Kette gelöst.

Das nächste Bild, das aus der Erinnerung schlüpfte, war der Transport. Dicht an dicht standen sie auf dem Hänger eines Traktors, jeder mit seinem Bündel zwischen den Beinen. Zum Sitzen war kein Platz, und in den Kurven mußten sie sich aneinander festhalten, um nicht über die Pritschenwand zu stürzen. Da sie die Gegend kannten, wußten sie, daß sie nach Westen fuhren. Und dann das Ortsschild. Jadwiga glaubte ihren Augen nicht zu trauen. Glück im Unglück.

Der Traktor hielt auf dem Gutshof, in dessen Schloß die Babka heute aus dem Fenster starrte und in dem Martin Gutschke, dem wegen einer Lungenschwäche die Front vorerst erspart geblieben war, damals als Gespannführer arbeitete. Eltern und Tochter wurde im Vorwerk eine Kammer zugewiesen. Die Küche mußten sie sich mit anderen teilen, und noch am selben Tag begann die Feldarbeit.

Die Babka hielt den Atem an. An dieser Stelle hätte sie gern ihre Erinnerung beendet und alles, was folgte, für immer ausgelöscht. Aber das ging nicht. Die Zeit hatte kein Gras darüber wachsen lassen. Jedes Wort, jede Geste hatte sich in ihr Gedächtnis gebrannt. Auch die abendlichen Sonnenstrahlen, die durch das Stallfenster auf Martins Gesicht gefallen waren, hatte sie so deutlich vor Augen, als wäre alles erst gestern geschehen.

Als er auch nach Tagen keine Anstalten machte, sie aufzusuchen, um sie zu begrüßen, hatte sie sich nach Feierabend in den Stall der Ackerpferde geschlichen. Den verließ Martin, pflichtbewußt, wie er war, stets als letzter. Barfuß war sie hineingeschlichen, hatte sich vorher vergewissert, daß er mit den Pferden allein war, um ihn mit ihrer Umarmung zu überraschen. Dabei war ihr kein anderes Wort als sein Name eingefallen.

»Martin«, flüsterte sie mehrmals hintereinander, »Martin.«

Dabei hielt sie ihm ihr Gesicht hin, um geküßt zu werden. Aber Martin küßte sie nicht, sondern schob sie, wenn auch vorsichtig, mit ausgestreckten Armen von sich weg, ganz so, als müsse er sie sich vom Leibe halten.

»Du bist wohl verrückt«, sagte er, und die Abendsonne rötete sein Gesicht auf unnatürliche Weise, »wenn uns einer sieht.«

»Ist aber keiner da.«

»Könnte aber einer kommen.«

Er stieß sie, noch immer mit ausgestreckten Armen, langsam rückwärts hinter die für die Pferde aufgestapelten Strohballen und ließ Jadwiga keinen Zentimeter näher an sich heran.

»Wir mußten von zu Hause weg«, sagte sie, »die Deutschen haben uns weggejagt und alles genommen.«

»Ich weiß«, antwortete Martin und hielt Jadwiga, ohne sie anzusehen, weiterhin auf Abstand.

»Aber wenigstens kann ich bei dir sein.«

Ihre Worte waren kaum zu verstehen, was Martin Gutschke nur recht zu sein schien, denn er ging nicht darauf ein. Statt dessen biß er auf seiner Unterlippe herum, verzog sein Gesicht und fuhrwerkte mit der Zunge im Mund herum.

»Ich muß dir was sagen«, brachte er schließlich mühsam heraus, »mit uns beiden, das geht nicht mehr. Da gibt's nämlich jetzt ein Gesetz.«

»Was für ein Gesetz?«

»Deutsche dürfen Polen nicht heiraten. Es ist auch verboten, daß wir miteinander gehen.«

Endlich ließ er sie los. Es war auch nicht mehr nötig, daß er sie sich vom Hals hielt. Sie rutschte rücklings ins Stroh, wo sie still sitzen blieb und nicht einmal weinte. Froh, daß sie kein Theater machte, murmelte er noch etwas davon, daß es ihm leid täte, aber nicht zu ändern sei, um danach so schnell wie möglich den Stall zu verlassen.

Kurze Zeit später wurde er trotz seiner schwachen Lunge eingezogen und starb im Rußlandfeldzug den Heldentod, wie es hieß. Obwohl Jadwiga niemals jemandem gegenüber ihre erste große Liebe und die darauf folgende Enttäuschung erwähnte, nicht einmal Martins Namen aussprach, hatte sie über die Jahrzehnte hinweg nichts von dem, was ihr angetan worden war, vergessen können. Auch nicht, als sie nach Kriegsende geheiratet und einen Sohn zur Welt gebracht hatte. Im Gegenteil, je mehr sie im Alter die Nähe des Todes spürte, um so gegenwärtiger wurde ihr Martin Gutschke, und mit ihm sein Verrat an ihrer Liebe.

Es war ein Sonntag, als die Babka, bereits hoch in den Neunzigern, das Zeitliche segnete. Drei Tage zuvor hatte sie sich widersetzt aufzustehen. Den ersten Tag hatte sie sich still zur Wand gedreht, Essen und Trinken verweigert und sich kaum bewegt. Am zweiten Tag lag sie schon frühmorgens mit geschlossenen Augen auf dem Rücken, während ihre Hände unermüdlich auf der Bettdecke hin und her fuhren. Sie schien nichts mehr wahrzunehmen und schon gar nicht etwas hören zu wollen.

»Was macht sie da?« wollte Danka wissen.

»Sie pflückt Totenblumen«, antwortete die Mutter leise und wusch der Babka Gesicht und Stirn.

Am dritten Tag mußte man sie schon festhalten. Hin und her warf sie sich, rang die Hände, weinte und schrie zum Gotterbarmen, ohne daß es jemandem gelang, sie zu beruhigen. Ab und zu würgte sie Worte hervor, aber nicht nur polnische, sondern auch deutsche, obwohl sie diese Sprache schon längst nicht mehr beherrschte. Janusz beugte sich über sie, um zu hören, was die Großmutter sagte, konnte aber nichts verstehen.

»Sie ist nicht mehr bei Trost«, sagte seine Frau, »es wird Zeit, daß der Pfarrer kommt.«

Aber auch den nahm die Babka nicht mehr wahr, barmte und schrie in einem fort, bis ihr die Stimme versagte. Dann wurde sie endlich still, lag da, als wäre sie schon tot. Nur der Atem rasselte noch in ihrem dürren Körper. Plötzlich hörte auch der auf. Die Babka öffnete für einen Moment die Augen, sah ihren Sohn, ihren Enkel und ihre Urenkelin an, nannte laut und deutlich Martin Gutschke beim Namen und verschied.

Ein halbes Jahr nach dem Tod der Babka wurde Marie aus dem Krankenhaus entlassen. Ihr Herz war nicht in Ordnung gewesen. Nach der notwendigen Behandlung, dem Versprechen, die verschriebenen Medikamente pünktlich einzunehmen und sich zu schonen, war sie nach Hause geschickt worden.

»In deinem Alter«, hatten die Töchter am Telefon gesagt, »kann man eben nicht mehr alles machen.« Sie solle mehr Rücksicht auf ihren Körper nehmen, nicht soviel herumkutschieren und am besten überhaupt nicht mehr Auto fahren.

»Und warum nicht?«

»Weil du nicht mehr gut siehst, auch nicht mehr gut hörst und deshalb dich und andere in Gefahr bringst.«

»Für so alt haltet ihr mich?«

»Nicht für alt, Mutter, aber nicht mehr für so belastbar, wie du vielleicht zu sein glaubst.«

Das war dann jedesmal der Moment, wo sich Marie höflich verabschiedete, den Hörer auflegte und nach dem kleinen Löwen tastete, den sie ständig bei sich trug. Inzwischen war er schon ganz abgegriffen, auch ein wenig verbogen, und an einigen Stellen leuchtete bereits das Zinn grau durch die Ölfarbe, mit der er angemalt war. Seit ihr vor achtzehn Jahren in Polen, in ihrem ehemaligen Elternhaus, der damals zehnjährige Janusz den kleinen Löwen wiedergegeben, vielleicht auch geschenkt hatte, trug sie ihn stets bei sich.

Geschichten aus ihrer Kindheit und von ihrem Elternhaus erzählte sie nicht mehr. Es kam jedoch vor, daß sie plötzlich und, wie es schien, grundlos, bei Themen, die die Vertreibung der Deutschen aus den ehemaligen Ostgebieten betrafen, den kleinen Löwen aus der Tasche zog und vor sich auf den Tisch stellte.

»Wie süß«, sagten dann die Gesprächsteilnehmer, ließen die winzige Zinnfigur von Hand zu Hand gehen, vergaßen, worüber sie gesprochen hatten, und fragten, wo Marie denn den her habe.

»Den habe ich vor Jahren geschenkt bekommen«, antwortete sie, ohne zu erwähnen, von wem.

Nein, Marie wollte nicht zu den Ewiggestrigen gehören und behielt schon lange ihre Erinnerungen für sich. Aber sie waren keineswegs verschwunden und schlichen sich hin und wieder in ihre Träume. Dann stand das Schloß in alter Pracht im gepflegten Park, die Türen zum Salon waren weit geöffnet, während Maries Mutter auf der Veranda aus großen Körben, die der Gärtner gebracht hatte, Blumen in Vasen stellte.

Oder Weihnachten, wenn im Saal eine bis zur Decke reichende, mit silbernen Kugeln geschmückte Kiefer stand und jedes Kind einen mit Geschenken überladenen Tisch für sich hatte. Auch das dunkel getäfelte Eßzimmer fehlte nicht in Maries Träumen. Der Diener servierte Schüsseln und Platten, und was man sich nahm, mußte gegessen werden. War Marie fertig, hatte sie mit gefalteten Händen gerade auf ihrem Stuhl zu sitzen, und reden durfte sie bei Tisch nur, wenn sie etwas gefragt wurde.

Einmal mit den Gedanken zu Hause, schleppte sich Bild für Bild ins Gedächtnis, ohne je den Zustand des Schlosses, wie Marie ihn bei ihrem letzten Besuch in Polen vorgefunden hatte, zuzulassen. Dann war es oft der Löwe, der sie in den Park zu der jahrhundertealten Linde führte, deren Stamm sich auf anderthalb Meter Höhe zehnfach teilte und in deren Mitte sich Marie stets geflüchtet hatte, wenn sie ungestört sein wollte. Hier war sie sicher, wurde nicht gehört und gesehen, lag im Innern des Baumes verborgen, von allem geschützt, was sie ängstigte. Die Linde war es auch, die sie aus ihrer Kindheit mitgenommen hatte und in der sie ihr Leben lang mit ihren Gedanken Zuflucht suchte, wenn es keinen Ausweg gab. Manchmal bildete sie sich sogar ein, den Duft der Blüten zu riechen, auch wenn es Winter war.

Als sie nach dem Herzversagen aus der Ohnmacht erwachte, wähnte sie sich im ersten Augenblick zwischen den mächtigen Zweigen des Baumes, dem sie ihrer Meinung nach ihr Leben verdankte, nicht etwa den Ärzten im Krankenhaus. Aber das sagte sie niemandem. Nur der kleine Löwe auf ihrem Nachttisch, der wußte es wohl.

Jetzt, auf dem Wege der Besserung, geriet die Linde wieder in Vergessenheit, rückte an den Platz, an den sie gehörte, in Maries Kindheit und in den Park ihres Elternhauses.

Eines Tages klingelte das Telefon, und es meldete sich die Redakteurin eines Wochenmagazins, für das Marie hin und wieder arbeitete.

»Wir planen für eine Wochenendbeilage das Thema Schlösser in den ehemaligen deutschen Ostgebieten und dem heutigen Polen. Wir dachten«, fuhr die Redakteurin fort, »Sie könnten uns etwas darüber schreiben.«

»Ich?« fragte Marie erschrocken, »wie kommen Sie ausgerechnet auf mich, das Thema ist für mich längst erledigt.«

Aber so rasch ließ sich die Redakteurin nicht abweisen. Marie habe ihr vor Jahr und Tag einen ergreifenden Text mit dem Titel »Das Zinnparadies« geliefert, die Geschichte eines kleinen polnischen Jungen, der das Zinnparadies aus Maries Elternhaus gefunden habe.

»Das ist fast zwanzig Jahre her«, antwortete Marie, »der Junge ist inzwischen dreißig und geht, Gott weiß wo, seinem Beruf nach, und ich bin eine alte Frau. Zudem habe ich keine Ahnung, in welchem Zustand mein Elternhaus jetzt ist. Vielleicht ist es inzwischen verfallen, abgerissen oder zu Stallungen umgebaut, was weiß ich.«

»Deswegen bitten wir Sie ja hinzufahren. Wir möchten eine Fortsetzung, gleich welcher Art, denn Ihre Geschichte damals ist sowohl in der Redaktion als auch bei unseren Lesern auf großen Zuspruch gestoßen.«

»Aber ich bin krank«, wandte Marie ein.

»Dann fahren Sie, wenn Sie wieder gesund sind. Das Thema ist erst in der Planung. Sie haben Zeit.«

Die Redakteurin ließ sich nicht abwimmeln, versprach, alle Unkosten zu übernehmen, ein gutes Honorar zu zahlen und Maries Bericht später als Aufmacher zu plazieren.

»Aber Sie wissen doch noch gar nicht ...«, Marie setzte abermals zum Widerspruch an, wurde aber sofort mit den Worten unterbrochen, alles habe keine Eile, sie müsse natürlich erst gesund werden, sich aber auf jeden Fall das Angebot durch den Kopf gehen lassen. Dann legte die Redakteurin auf und überließ Marie der Grübelei, was zu tun sei und was nicht.

Sie nahm den kleinen Löwen vom Schreibtisch und setzte ihn sich auf die Hand. Es hätte nicht viel gefehlt, und sie hätte ihn wie als Kind angepustet, damit er an Größe zunehme und ihr den Weg weise.

»Was soll ich machen«, flüsterte sie, »noch mal nach Hause fahren? Noch mal den Verlust der Heimat zu spüren bekommen?«

Der Löwe blieb so klein, wie er war, und aus seinem winzigen Maul war keine Antwort zu hören. Marie dachte an ihre Töchter und wußte deren Kommentare im voraus. Kannst du denn immer noch nicht aufhören, deinem Elternhaus nachzuträumen, würden sie sagen. Du warst doch damals noch ein Kind, als ihr weg mußtet. Da fing dein Leben doch erst an, wir verstehen das nicht.

Nein, sie würden es wirklich nicht verstehen, sie kannten ja das Haus nicht, den Park mit der Linde, den Geruch der Pferde in den Ställen, das Geläut bei den Schlittenfahrten durch die Weite der Landschaft. Nichts kannten sie, konnten sich auch nichts vorstellen und wollten es vielleicht auch nicht.

Und Maries Schwester Anna? Sie habe, so sagte sie, mit der Vergangenheit abgeschlossen und halte alles, was mit der früheren Heimat zu tun habe, für lähmende Nostalgie. Kümmere dich lieber um deine Gesundheit, würde auch sie sagen, das ist jetzt wichtiger, damit du wieder auf die Beine kommst.

Aber das Angebot der Redakteurin ließ Marie nicht ruhen. Polen war jetzt ein demokratisches Land, und vieles, was früher staatlich verwaltet worden war, mochte jetzt privat bewirtschaftet werden. Vielleicht gab es das Kombinat gar nicht mehr, vielleicht stand das Schloß jetzt zum Verkauf, hatte aber noch keinen Käufer gefunden. Maries Phantasie ging mit ihr durch. Die Gedanken überschlugen sich und brachten die absurdesten Hirngespinste hervor.

»Man könnte doch«, sagte sie leise zu dem auf ihrer Hand stehenden Löwen, »man könnte doch aus dem nach dem Krieg verschandelten Gebäude wieder einen Ort machen, der seinem Ursprung gerecht würde.«

Der Löwe schwieg, nach wie vor ein wenig verbogen, den Kopf mit dem geöffneten Maul nach oben gerichtet, als müsse er nach Luft schnappen.

Marie schien ihn daraufhin zu vergessen, dachte allein weiter, war bei der Umwandlung ihres Elternhauses in ein Hotel mit Freizeitangeboten, Reiten und Jagen, polnischer Küche und polnischem Wodka. Noch besser wäre ein Golfhotel. Die väterlichen Felder, platt wie ein Bügelbrett, reichten hinterm Schloß kilometerweit bis zum Rand der Wälder. Aber so schnell, wie ihr diese Idee gekommen war, verwarf Marie sie auch schon wieder.

Ein Künstlerhaus für deutsche und polnische Stipendiaten in den verschiedensten Sparten, das war's, was zu überlegen wäre. In Deutschland müßte sie die Sponsoren finden, in Polen Institutionen für die Verwaltung. Groß genug war das Schloß und allemal geeignet für ein Kulturzentrum.

Mit dem ersten Gedanken daran wischte Marie die senffarbene Ölfarbe von den Wänden. Mit dem zweiten verschwanden die scheußlichen Plastikstühle samt Clubhaus und ließen den alten Salon wieder entstehen, der sich herrlich für ein Musikzimmer eignete. Das nach Norden liegende Herrenzimmer, zuletzt als Fernsehraum genutzt, müßte den Malern überlassen werden, das Damenzimmer würde ein Leseraum, im Eßzimmer bliebe die Bibliothek, und im Saal könnten Feste und Veranstaltungen stattfinden. Die Zimmer im oberen Stock, in denen das staatliche Kombinat eine Arztstation eingerichtet und den Rest zu armseligen Wohnungen umgebaut hatte, müßten alle Zimmer wieder in den alten Zustand versetzt werden und den Stipendiaten zur Verfügung stehen.

Alles das schwirrte Marie durch den Kopf. Und bei den vielen Varianten, die sie sich ausdachte, räumte sie sich stets ein Mitspracherecht ein, um wiederherzustellen, was nach Flucht und Kriegsende an ihrem Elternhaus zerstört worden war.

Ihr Entschluß, von ständig neuen Phantasien ins Rollen gebracht, reifte langsam und begann mit einer Lüge.

»Ich fahre für zwei, vielleicht drei Tage weg«, sagte Marie ihren Töchtern.

»Wohin?«

»Nach München, eine Freundin besuchen.«

»Aber du hast doch in München gar keine Freundin.«

»Wir treffen uns da«, log Marie weiter, »das ist schon lange abgemacht.«

»Und der Arzt, was sagt der Arzt dazu?«

Marie wurde die Fragerei lästig. Solange sie pünktlich ihre Medikamente nehme, habe der nichts dagegen, erwiderte sie. Das Angebot, sie zum Flughafen zu bringen, lehnte sie mit den Worten ab, sie sei weder krank noch gebrechlich.

Der nächste Anruf galt der Redaktion des Wochenmagazins. Sie fahre nach Polen, sagte sie, um zu sehen, was aus ihrem Elternhaus im demokratisch regierten Polen geworden sei. Ob sie darüber schreibe, wisse sie allerdings noch nicht, und sie verzichte deshalb auch auf Reisekostenerstattung und Honorarvorschuß.

»Und was hat Sie umgestimmt?« fragte die Redakteurin.

»Meine Neugier.«

Ihrer Schwester Anna erzählte Marie nichts von ihrem Reiseplan, und anderen Personen war sie keine Rechenschaft über ihre Abwesenheit schuldig.

Als nächstes holte sie Fotos hervor, betrachtete das Schloß im alten Glanz, die schon vergilbten Bilder von den Innenräumen, das Porträt der Mutter in jungen Jahren und das des Vaters in Majorsuniform. Um nicht vollends ein Opfer ihrer Erinnerungen zu werden, holte sie auch die Außen- und Innenaufnahmen hervor, die sie bei ihrem letzten Besuch vom Schloß gemacht hatte, und legte sie daneben. Lange saß sie so da, starrte die Bilder an und stellte schließlich den Löwen dazwischen. Ein wenig verloren wirkte er inmitten der Fotos, und zum ersten Mal wurde Marie bewußt, wie abgegriffen die kleine Zinnfigur war, wie verbogen seine Statur, und wenn sie nicht aufpaßte, würde in absehbarer Zeit der Schwanz abbrechen. Es war besser, ihn in ein Kästchen zu legen, statt ihn ungeschützt in Jacken- und Handtaschen tagtäglich mit sich herumzuschleppen. Sie fand ein Schächtelchen aus Plastik, durchsichtig und der Größe des Löwen entsprechend, in das sie ihn auf Seidenpapier wie in einen winzigen gläsernen Sarg bettete, um ihn von nun an auf diese Weise bei sich zu haben.

Marie dachte nicht daran, ihren Arzt zu fragen, ob sie sich eine Fahrt nach Polen zumuten könne. Am nächsten Morgen packte sie in aller Frühe ein paar Sachen zusammen, räumte ihre Wohnung auf, schloß ab, setzte sich in ihr Auto und fuhr los. Die Strecke hatte sie sich vorher genau auf der Karte angesehen und wußte, daß sie nicht länger als vier, vielleicht fünf Stunden brauchen würde.

Ab Grünberg, das heute Zielona Góra heißt, war ihr die Landschaft bekannt, ab Nova Sól, zu deutsch Neusalz, vertraut. Aber richtig zu Hause fühlte sie sich erst ab Glogów.

Die Stadt selbst war nicht wiederzuerkennen. Hier war nach einem der letzten großen Gefechte kein Stein auf dem anderen geblieben. Kinder ab vierzehn Jahren hatte man in Uniformen gesteckt, um sie neben ihren gebrechlichen Großvätern im Volkssturm kämpfen und für Führer und Vaterland elendig verrecken zu lassen. Marie mochte diese Stadt nicht mehr, die eine andere geworden war, eine fremde, ganz und gar ohne Vergangenheit.

Nur die Oder war geblieben, was sie war, ein behäbiger brauner, von winzigen Strudeln durchsetzter Fluß, der im stets gleichen Tempo nach Norden drängte, an den Rändern ausuferte und kleine Inseln umschloß, auf denen Fischreiher, manchmal auch Störche vor sich hindösten.

Je weiter Marie nach Osten fuhr, um so spärlicher wurde der Verkehr. Hier gab es keine Industrie, hatte es auch früher keine gegeben, höchstens Zuckerfabriken. Das wußte sie noch von ihrem Vater. Hier lebte man seit eh und je von Rüben und Kartoffeln, von Roggen, Weizen, Gerste und Hafer. Auf den Wiesen zwischen den Feldern standen und lagen wie lebensgroße Attrappen schwarz-weiße Rinder, als hätte man sie für Reklamezwecke ins Gras gestellt. Hier gab es keine Eile, keinen Lärm, hier war die Zeit stehengeblieben, und das einzige, was sich verändert hatte, waren die Menschen und ihre Sprache.

Marie hielt an. Ein Lufthauch streifte ihr Gesicht und wurde in der Erinnerung zum warmen Atem einer Kuh, die ihr mit einer Zunge, groß, naß und rauh wie Schmirgelpapier, übers Gesicht fuhr.

Die kleine Marie war am Rand der Wiese eingeschlafen, während Köchin, Stubenmädchen und Kinderfräulein in Reih und Glied, mit Körben an den Armen, kreuz und quer durch das knöchelhohe Gras stapften, um Champignons zu finden. Wie immer hatte der Inspektor Bescheid gegeben, daß am folgenden Tag das Vieh die Koppel wechselte. Also letzte Möglichkeit Wiesenchampignons zu ernten, bevor die Kühe sie zertrampelten. Erst war Marie mitgelaufen, hatte auch den einen oder anderen Pilz gefunden. Aber weil es sich bei ihr meist um einen giftigen Bovist handelte, machte es ihr keinen Spaß.

»Du mußt hinsehen«, sagte die Köchin, »wenn der Pilz unten geschlossen ist und keinen Stil hat, ist es kein Champignon.«

Und sie trat auf den Pilz, daß es staubte und die Hülle wie ein geplatzter Luftballon in sich zusammenfiel.

»Dann sucht doch eure Pilze allein«, hatte Marie enttäuscht gesagt und sich an den Rand zum anderen Teil der Koppel gelegt, um die vorbeiziehenden Wolken zu betrachten, in denen sie allerhand Tiere und Köpfe zu erkennen glaubte. Darüber war sie eingeschlafen, bis der Kuß der Kuh sie weckte.

Noch heute konnte sie das riesige, großporige Maul

vor sich sehen, spürte den Speichel des Tieres im Gesicht und fand damals wie heute nichts Erschreckendes dabei. Sie blickte in das Auge des Tieres und entdeckte zwischen den Wimpern ihr Spiegelbild im schimmernden Schwarz.

»Ich bin in dir drin«, hatte sie gejubelt und laut gelacht, als die Kuh erschrocken zurückwich.

Dann lief Marie zu den Frauen zurück und erzählte der Köchin, daß sie jetzt im Auge der Kuh säße. Die aber meinte, Marie solle nicht immer so verrücktes Zeug reden. Da bekäme man ja Angst, daß sie nicht richtig im Kopf sei.

Wieder glitten Maries Gedanken weiter, schweiften vom Sommer in den Winter, von den Wiesen mit den Champignons zum Sperlingswinkel, wo sie mit Hilfe des Försters die im Herbst gesammelten Kastanien auf den vom Schnee gereinigten Boden schüttete, damit das Wild nicht verhungerte.

»Wenn du zusiehst, wie hungrig sie sind und wie sie deine Kastanien fressen«, hatte der Förster gesagt, »dann macht es dir auch mehr Spaß, sie aufzulesen.«

Und während Marie mit Mühe durch das für sie viel zu große Fernglas sah, erfuhr sie vom Förster, daß die Rehe keine Beine hatten, sondern Läufe. Nicht Augen, sondern Lichter, statt Ohren Lauscher und daß ihr Maul Geäse hieß. Sie lernte, daß das Wild nicht hörte, sondern vernahm, nicht roch, sondern witterte, verhoffte, wenn es stehenblieb, und schreckte, wenn es gestört wurde.

»Und wer redet so verdreht?« wollte sie wissen.

»Die Jäger«, sagte der Förster, und sie antwortete, daß sie kein Jäger sein wollte, und demzufolge auch nicht so sprechen müsse.

Marie riß sich aus ihren Träumen, stand auf und ließ den Motor wieder an. Statt nach den Spuren ihres Besuchs vom letzen Mal zu suchen, war sie in ihre Kindheit geraten. Das war alles andere als der Sinn ihrer Reise. Sie hatte gefälligst ihren Blick zu schärfen, um zu erkennen, was vielleicht noch zu retten war und was nicht.

Es war nicht mehr weit. Das erkannte sie an den alten Bäumen, die sich nun im ständigen Wind von Ost nach West neigten und auf diese Weise die Himmelsrichtung anzeigten.

Nach ein paar Kilometern war der Turm des Schlosses zwischen den Wipfeln der Platanen und Kastanien zu erkennen. Über die Entfernung hinweg sah alles nicht anders aus als früher. Das Schloß stand mit dem Dorf wie auf einem Inselchen inmitten riesiger, gelber Kornfelder. Dazwischen, wie vergessen, Holunderbüsche und hin und wieder uralte Birnbäume, die selbst der Krieg nicht zur Strecke gebracht hatte. Marie war zu Hause angekommen.

Zunächst wollte es niemand im Dorf so recht glauben. Die Kreisstadt hatte das Schloß gekauft. Und warum? Wollte der Bürgermeister vielleicht darin wohnen, oder sollte das Heimatmuseum umquartiert werden? Die Gerüchte schwirrten von einem Ohr ins andere, wurden immer absurder und hörten erst auf, als Janusz seinen Vertrag unterschrieb, alles amtlich war und seine Richtigkeit hatte.

Das Schloß sollte für den Unterricht der Erst- bis Drittkläßler umgebaut werden. Das war wichtiger als der Klub, die Cafeteria, der Fernseh- und der Billardraum, der bisher der Dorfjugend zur Verfügung gestanden hatte. Ohne staatliche Unterstützung, ohne die Leitung der kommunistischen Partei war die Weiterführung des Jugendklubs fraglich geworden, und die Verwaltung des

Kombinats war froh, als sich die Kreisstadt anbot, Schloß und Park zu kaufen, auch wenn der Erlös nicht der Rede wert war.

Wie sich herausstellte, war es die Idee von Janusz gewesen, mit der er im Rathaus der Stadt vorstellig geworden war. Seit Abschluß seiner Ausbildung als Lehrer unterrichtete er in der nach dem Krieg gebauten Schule am Dorfrand, wo zu deutschen Zeiten die Zollhäuser gestanden hatten. Aber mit den Jahren war die Schule zu klein geworden, es gab viel zu wenig Klassenräume, immer öfter mußte Schichtunterricht abgehalten werden, der bis weit in den Nachmittag hineinreichte. Wenn man hingegen die Kleinen im Schloß unterbrachte, könnte der Schulbetrieb wieder in vernünftigen Bahnen laufen.

Im Schloß brauchte man nach den Vorschlägen von Janusz nur ein paar Türen zuzumauern und genügend Toiletten einzubauen. Die Bibliothek könnte an Ort und Stelle bleiben, für ein Lehrerzimmer wäre auch genug Raum, und für den Pausenhof und den notwendigen Sportplatz war der Park groß genug.

Janusz hatte sogar eine Skizze erstellt und eingezeichnet, wie die einzelnen Räume aufzuteilen seien und was an Bänken, Tischen und Tafeln angeschafft werden müßte. Und weil er keine halben Sachen machte, hatte er dem Bürgermeister gleich einen vorläufigen Kostenvoranschlag unterbreitet, in dem alles für den Umbau Notwendige berücksichtigt war.

Das hatte Eindruck gemacht. Der Bürgermeister ließ von Amts wegen alles nachrechnen, und schließlich wurde das Schloß gekauft und der Umbau in eine Schule für die Erst- bis Drittkläßler in Angriff genommen.

Janusz hatte seine gesamte Kindheit bis zum Beginn seines Studiums hier verbracht. Es gab keinen Winkel, den er nicht kannte. Noch heute hatte er die Stimme der Babka im Ohr, die, wenn er wegen Herumlungerns auf Treppen, in Nischen und Zimmern gescholten wurde, zu ihm sagte: »Was dem einen recht ist, ist dem anderen billig, das hier ist dein Elternhaus.«

Was die alte Frau ihm von früher erzählt hatte, wie das Schloß eingerichtet war und wer es bewohnt hatte, war im Lauf der Jahre seinem Gedächtnis entfallen. Vergessen, so wie man Märchen vergißt, die mit der Wirklichkeit nichts zu tun haben. Aber die Liebe zu seinem Elternhaus war geblieben, auch als er sein Studium als Lehrer in Poznań begonnen und in Wrozław beendet hatte.

Stets war er in den Semesterferien nach Hause gekommen, hatte im Sommer auf dem Zwischendach gelegen, gelernt und geträumt und dem Gurren der Ringeltauben zugehört. Im Winter saß er am liebsten in der Wohnung der Babka, lernte bei ihr oder las ihr vor. Er mochte den Blick in den mit Schnee bedeckten Park, in dessen Mitte die uralte Linde stand, die, wie es hieß, älter war als das Schloß. Als der Vater pensioniert wurde, zogen die Eltern ins Dorf, mußten einem neuen Magaziner Platz machen, und nur die Babka durfte auf ihre alten Tage bleiben, wo sie war.

Als Janusz mit seinem Studium fertig war, erhielt er eine Lehrerstelle in der Schule, die er als Kind selbst besucht hatte. Und als er Irena heiratete, bekam er auch eine der Wohnungen zugewiesen, die über den Klassenräumen den Lehrkräften zur Verfügung standen.

Die Schule lag, wie schon gesagt, ein wenig außerhalb des Dorfes. Wie ein überdimensionaler Würfel stand das Gebäude mitten in den Feldern, nur von ein Paar Sträuchern umgeben, dem Schulhof und einem Sportplatz. Es gab weder Bäume noch einen Park. Der Ostwind pfiff sommers wie winters in jede Ecke und wirbelte den Staub auf. Von Gemütlichkeit keine Spur. Wenn die Kinder am frühen Nachmittag die Schule verließen, war nur der Wind zu hören, hin und wieder das Tuckern eines Traktors. Auf den Feldern krächzten die Krähen, während die Ringeltauben im Park gurrten.

Das Schloß war vom Schulhaus her gut zu sehen, war auch nur ein paar Katzensprünge weit entfernt und zu Fuß in ein paar Minuten zu erreichen. Janusz hätte den Weg im Schlaf gehen können, kannte jede Pfütze, so oft war er schon die Strecke zu Fuß gegangen, und als seine Tochter Danka laufen konnte, nahm er sie mit, wenn er die Babka besuchte.

So wie er, lernte auch seine Tochter das Schloß in- und auswendig kennen. Sie hielt sich in der Cafeteria auf und trank Milch, kroch im Fernsehzimmer unter den Stühlen herum, sah sich in der Bibliothek Bilderbücher an und beobachtete die großen Jungs, wenn sie Billard spielten. Bei der Babka gab es später Kuchen, und danach saß Danka mit einer für ihr Alter untypischen Ausdauer neben der Urgroßmutter und starrte ebenfalls aus dem Fenster, ohne jemals nach dem Grund dieser seltsamen Angewohnheit zu fragen.

Im Sommer nahm Janusz seine kleine Tochter hin und wieder mit auf das Zwischendach. Dann lagen sie beide auf der mittlerweile rissigen Dachpappe zwischen Turmwand und Giebel und schauten, so weit es ging, in alle vier Himmelsrichtungen, guckten den Pärchen im Park auf die Köpfe, sahen nach Osten über die Felder bis hin zum Waldrand oder nach Westen, wo der Turm der Kreisstadt weit über die Dächer der Häuser ragte, während im Norden die ganze Länge des Dorfes zu überblicken war. An einem solchen Tag fiel Janusz das Zinnparadies ein, er erzählte Danka davon und zeigte ihr, wo er es als Kind gefunden hatte.

»Und wo ist es jetzt?«

»Ich weiß es nicht«, sagte Janusz, »irgendwo habe ich es verwahrt.«

Er versprach, danach zu suchen, sobald es ihm seine Zeit erlaube. Von dem Besuch der Deutschen berichtete er seiner Tochter nichts, verschwieg das nicht etwa absichtlich, sondern es lag vielmehr daran, daß er Marie und ihr plötzliches Erscheinen im Schloß einfach vergessen hatte.

Als er später mit seiner Tochter nach Hause ging, jammerte das Kind, sie wolle viel lieber im Schloß wohnen, so wie der Vater als Kind, um auch so etwas wie das Zinnparadies zu finden. Nur würde sie es, im Gegensatz zu ihm, ehren und besser aufheben.

»Ja«, sagte der Vater, nahm Danka auf den Arm und wandte sich dem schon ein bißchen heruntergekommenen Gebäude zu.

»Vielleicht hast du recht. Aber es ist ja noch nicht aller Tage Abend.«

Irena hingegen wollte nichts von einem Leben im Schloß wissen. Wer bei den vielen Treppen da wohnen wolle, sagte sie und rümpfte die Nase, der müsse ganz schön plemplem sein.

»Das war die Babka auch nicht«, widersprach Danka.

»Die Babka, die Babka, die ging ja auch nicht aus dem Haus, kriegte alles gebracht und hockte von früh bis spät am Fenster. Da ist gut wohnen im Schloß.«

Damit war für die Mutter das Thema erledigt, während sich Vater und Tochter schweigend ansahen und heimlich zunickten.

Aber die große Überraschung sollte erst kommen. Nicht nur, daß die Stadt das Schloß gekauft hatte und es für den Unterricht der unteren Klassen umbauen ließ. Im gleichen Atemzug bot man Janusz auch die Schulleitung an. Und nicht nur das. Es hieß auch, er könne der Einfachheit halber im Schloß wohnen. Die Räume der Babka stünden zur Verfügung, und wenn er wolle, könne er auch die daneben liegende Wohnung des früheren Magaziners für sich in Beschlag nehmen. Das bedeutet, daß Janusz sogar über eine, wenn auch schmale, Wendeltreppe für sich und seine Familie einen eigenen Eingang hatte. Der Umbau, erfuhr er im Rathaus, würde nach seinen Wünschen vorgenommen, und auch bei der Einteilung der Klassenzimmer und deren Möblierung habe er ein Mitspracherecht.

Danka war glücklich, endlich im Schloß wohnen zu dürfen, während Irena nur ungern ihre Zustimmung gab. Daß die Wohnung im Schloß größer war als die im jetzigen Schulgebäude, überzeugte sie nicht. Über die Wendeltreppe, so sagte sie, könne man weder Körbe noch Taschen hinaufschleppen, ohne zwischen Wand und Geländer steckenzubleiben. Und der Hauptaufgang, maulte sie weiter, liege auf der anderen Seite des Schlosses. Aber Janusz ließ ihre Einwände nicht gelten. Dafür habe sie nur noch den halben Weg zum Kaufmann, und eine neue Küche bekomme sie ebenfalls. Da gab Irena auf, wohl auch, um Janusz nicht die Karriere zu vermasseln.

Es ging alles schneller als gedacht, was auch daran lag, daß Janusz, zumindest was die Wohnung betraf, in seiner Freizeit selbst mit Hand anlegte. Als der Frühling vorbei war, der Roggen sich langsam gelb färbte und die Kartoffeln ins Kraut schossen, waren alle Kartons gepackt, die Schränke geleert und die Betten gebündelt.

Am letzten Tag räumte Janusz auf Bitten seiner Frau den Keller aus, und dort fand er in einer der hintersten

Ecken eine Kiste mit Gegenständen aus seiner Kindheit. Ein altes Holzauto zum Beispiel, Bücher, Zeichnungen, ein Baukasten, ein selbstgebasteltes Flugzeug und eine Blechschachtel. Er wußte sofort, was er darin finden würde, und rief nach der Tochter.

»Hier«, sagte er und hielt Danka die Blechschachtel hin, »mach sie auf.«

Es klapperte in der Schachtel, und der Deckel ließ sich noch genauso schwer öffnen wie damals. Danka hatte alle Mühe, bis er aufsprang.

»Das Zinnparadies«, flüsterte sie, schluckte vor Aufregung und legte sich die kleinen Figuren einzeln auf die Hand. »Darf ich es haben?«

»Von mir aus gern.«

Janusz lächelte und dachte zum erstenmal wieder an die Deutsche, der er vor Jahren den Löwen geschenkt hatte. Nur kam er nicht dazu, Danka die Geschichte zu erzählen, weil Irena ihn rief, und später vergaß er es.

Als sie alle drei mit Sack und Pack ins Schloß umgezogen waren, als alle Möbel an Ort und Stelle gerückt, die Kisten ausgepackt und die Betten bezogen waren, suchte Danka einen Platz für ihr Zinnparadies. Sie fand ihn im Wohnzimmer inmitten von Grünpflanzen auf Mutters Blumenständer, wo sie die Figuren auf ein Samtdeckchen stellte, das noch von der Babka stammte.

Marie, die den Weg über den Nachbarort gewählt hatte, verringerte immer mehr das Tempo. Schließlich hielt sie an, ganz vertieft in den Anblick des zwischen den Feldern liegenden Dorfes, in dessen Mitte das von Bäumen umgebene Schloß wie ein überdimensionaler Kaffeewärmer thronte. Noch ein paarmal fuhren die Bilder der Kindheit wie Blitze in Maries Gedächtnis. Der gummibereifte Jagdwagen zum Beispiel, der nur das Geräusch der trabenden Pferde zuließ. Die Heimfahrt von den Wiesen auf hochgestapelten Heuwagen hinterm Traktor, von wo aus die Welt ganz anders aussah. Oder die Treibjagden, die Marie nicht mochte, weil die Männer in riesigen Kreisen die Hasen einkesselten, um sie so den Jägern leichter vor die Flinte zu bringen. Marie hatte geweint, als nicht weit von ihr eines der getroffenen Tiere ein Rad schlug und ihr beinahe vor die Füße geflogen war. Wie gesagt, Blitzbilder, die Marie schneller als sonst beiseite schob.

Immer noch das Schloß im Blick, glitt sie, die Gegenwart auslassend, von der Vergangenheit in die Zukunft. Aus dem Schloß ihrer Kindheit wurde das in ihrer Phantasie immer mehr Realität annehmende deutsch-polnische Künstlerhaus. Firmen fielen ihr als Sponsoren ein, Namen von in der Öffentlichkeit stehenden Personen, die sie ansprechen wollte, und bald würde ihr Geburtsort in aller Munde sein.

Was für ein Plan, um den sie, falls er zu verwirklichen war, manch einer beneiden würde.

»Und«, fragte sie und holte den kleinen Löwen in seiner Plastikschachtel aus der Tasche, »was sagst du dazu?«

Aber der kleine Löwe blieb stumm, lag abgegriffen, mit verbogenem Schwanz im Seidenpapier und rührte sich nicht.

»Du bist alt geworden, mein Freund«, sagte Marie, steckte das Schächtelchen zurück in ihre Tasche und fuhr weiter.

Sie erreichte den Ort vom Niederdorf her. Die Straße, mit Kopfsteinen gepflastert, wurde von dem sogenannten Sommerweg auf der einen Seite und dem schmalen Streifen für Fußgänger auf der anderen begrenzt. Hier hatte sich nichts geändert. Der Sommerweg war den Pferdefuhrwerken zugedacht, um die Fesseln der Tiere zu schonen, während der Fußweg, das wußte Marie noch, nach einem Regen von großen Pfützen durchsetzt war. Sonst erinnerte sie sich wenig ans Niederdorf. Hier war sie nur auf dem Weg zu den großen Wiesen durchgefahren. Manch ein Haus hatte ein neues Dach, auch einen neuen Zaun, andere wiederum wirkten verfallen und wenig einladend. Alles in allem ein Dorf, wie aus der Zeit gefallen.

Marie fuhr zu schnell, und wenn die Reifen ihres Wagens den Sommerweg berührten, zog sie eine wirbelnde Staubwolke hinter sich her.

In der Mitte des Dorfes, die einst das Kriegerdenkmal zierte, stand jetzt ein Kiosk für Brot, Zigaretten und Schnaps. Ein paar alte Männer lungerten herum und sahen Maries Wagen ohne Interesse nach. Deutsche Autos waren schon lange keine Seltenheit mehr.

Ab jetzt kannte Marie sich aus. Hier war ihr jeder Stein so vertraut wie der Dorfgraben, in dem während der sommerlichen Trockenheit Brennesseln wucherten und in dem sich nach Regen oder nach der Schneeschmelze Enten und hin und wieder auch Gänse tummelten. Der alte Holzzaun, der den zum Schloß gehörenden Park von der Straße trennte, war durch ein Drahtgeflecht ersetzt worden. Schön sah das nicht aus.

Am Ende des Parks bog Marie in die ehemalige Gasse ein, denn die Herrschaftszufahrt gab es nicht mehr. Hier standen neue, zum Teil dreistöckige Häuser, die nicht recht in das alte Ensemble der Anlage paßten. Der Hof, mit Betonplatten ausgelegt, war ebenfalls von neuen Gebäuden umgeben. Sträucher und Bäume, die den landwirtschaftlichen Teil vom Schloß getrennt hatten, waren verschwunden. Alles wirkte kühl und funktional, Marie sah keine Menschen, keine Katzen, keine Hunde.

Nur die Einfahrt zum Schloß, von einer niedrigen Mauer eingerahmt, war bis auf die fehlenden Blumenkübel unverändert. Marie setzte sich nicht weit vom Portal auf die kühlen Steine und betrachtete versonnen die halbrunde hohe Eingangstür, deren Glas durch ein schmiedeeisernes Gitter mit den Initialen der Urgroßmutter geschützt war. Noch immer waren die Zacken der Krone abgesägt. Eine Erinnerung an die Besatzung der sowjetischen Armee, denn von den polnischen Dorfbewohnern wäre wohl keiner auf eine solche Idee gekommen.

Still war es hier. Marie kam ins Träumen, machte sich wieder an ihren Plan vom deutsch-polnischen Künstlerhaus und begann, langsam, aber gründlich zu begutachten, was hier alles renoviert werden mußte.

Plötzlich schrillte eine Klingel. Ein häßlicher, lang anhaltender Ton, der Maries Gedanken zerriß. Der Schreck fuhr ihr in die Glieder und schien ihr nicht nur den Atem zu nehmen, sondern auch den Verstand.

Vor ihren Augen öffnete sich plötzlich das Portal, und heraus schwebte, mit Spitzen überm Reifrock, Rosen im schwarzgelockten Haar und mit Schmuck beladen, Maries Urgroßmutter. Ihr etwas dümmliches und arrogantes Gesicht war furchtverzerrt. Von der Klingel gejagt, als wäre der Teufel hinter ihr her, verließ sie das Schloß, das sie selbst Ende des neunzehnten Jahrhunderts hatte bauen lassen. Ihr folgte die Großmutter mit erhobenem Haupt und zusammengekniffenen Lippen, ebenso energisch wie diszipliniert, den Blick geradeaus gerichtet.

Als nächstes glaubte Marie ihre Mutter zu sehen. Die war trotz der augenblicklichen Hitze in einen dicken Mantel gehüllt und mit Taschen beladen. Auch sie schien von der durchs Haus gellenden Klingel davongetrieben zu werden. Sie weinte, ohne sich auch nur einmal umzusehen. Als letzter verließ Maries Vater das Schloß, er trug seine Majorsuniform, straffte den Rücken, und einen Augenblick glaubte Marie, daß er nach einer Waffe griff, vielleicht um mit einem gezielten Schuß dem unerträglichen Geräusch ein Ende zu machen, vielleicht um sich selbst zu töten.

Genau in diesem Augenblick verstummte die Klingel, und in der Stille verschwanden Urgroßmutter, Großmutter, Mutter und Vater, waren wie weggeblasen. Marie rieb sich die Augen, glaubte nicht richtig gehört zu haben, ein Opfer ihrer Phantasie geworden zu sein, als sich wiederum die Eingangstür öffnete und eine Schar lachender Kinder herausstürzte.

Die Jungen nahmen Marie kaum wahr. Sie hüpften und sprangen die Einfahrt entlang, Richtung Gasse, daß ihnen die Ranzen auf den kleinen Rücken tanzten. Die Mädchen hingegen blieben vor der fremden Frau stehen und betrachteten sie wie ein seltsames Tier, stießen sich an, hielten die Hände vor den Mund und kicherten.

Jetzt begriff Marie, was aus ihrem Elternhaus geworden war. Nichts da mit deutsch-polnischem Künstlerhaus. Auch ein Golfhotel würde es hier nicht geben. Eine Schule war hier, wer weiß, wie lange schon. Aus dem Salon, dem Herren- und Damenzimmer waren Klassenräume geworden, und wahrscheinlich roch es da jetzt wie in allen Schulen nach Angstschweiß, Bohnerwachs und kleinen Jungs, die sich ungern wuschen.

Marie versuchte ein Lächeln, aber es mißlang, worauf die Kinder zu kichern aufhörten, aber auch keine Frage wagten und sich nacheinander zurückzogen. Marie blieb auf dem Mäuerchen sitzen, als könne sie immer noch nicht fassen, was aus ihrem Elternhaus geworden war. Sie rührte sich auch nicht, als ein junger Mann heraustrat, sorgfältig hinter sich das Portal abschloß und dabei den Schlüssel, gerade so, wie es die Angewohnheit ihres Vaters war, in seine Hosentasche gleiten ließ. Erst dann sah er Marie, grüßte und fragte, was er für sie tun könne. Sie sei Deutsche, murmelte Marie, und verstehe leider kein Polnisch.

Darauf wiederholte Janusz seine Frage nicht nur auf deutsch, sondern er stellte sich auch vor und reichte Marie, ohne sie wiederzuerkennen, höflich die Hand. Nichts kam ihm an dieser weißhaarigen Frau bekannt vor.

Deutsche kamen hier schließlich öfter vorbei, frischten ihre Erinnerungen auf und baten um Auskünfte verschiedenster Art. Da er während seines Studiums Deutsch gelernt hatte, holte man ihn hin und wieder, um zu übersetzen, was die früheren Besitzer von Haus und Hof im Dorf zu sagen hatten.

Seit seiner Kindheit hatte sich bei diesen Besuchen einiges geändert. Die ehemals Vertriebenen, wie sie sich stets nannten, waren alt geworden, gingen am Stock oder auf ihre Kinder und Enkel gestützt und wirkten gebrechlich. Schon lange sammelten sie keine Erde mehr aus den Vorgärten in kleine Säckchen. Auch Tränen stiegen ihnen nicht mehr in die trüb gewordenen Augen. Sie hatten aufgehört, Ställe zu inspizieren und in die Scheunen zu gukken.

Manch einer hatte nur noch den Wunsch, sich nach der anstrengenden Reise auf eine Bank vor seinem früheren Haus zu setzen, um auszuruhen. Die längst erwachsenen Kinder zeigten den Eltern zuliebe Interesse und stellten die Fragen, die Janusz dann weitergab, um auch die Antworten zu übersetzen. Ihm fiel auf, daß die Alten oft gar nicht mehr zuhörten, sondern lieber schweigend vor sich hin träumten oder die Augen schlossen, um, wie sie leise sagten, die Heimat so besser spüren zu können.

Hingegen wirkten die Enkel, wenn sie denn mitgefahren waren, ebenso ratlos wie gelangweilt. Sie konnten sich nicht vorstellen, daß man nach diesen oft ärmlichen Gehöften Heimweh hatte, erkannten nichts von dem, was die Großeltern in den schönsten Farben geschildert hatten, und amüsierten sich, wenn sie hin und wieder statt einer Toilette mit Wasserspülung ein Plumpsklo überm Hof vorfanden. Hier gab es nichts, aber auch gar nichts, was sie für lebenswert hielten.

Immer wieder wurde Janusz nach Diskos gefragt, nach Internet-Cafés, wo man chatten könne, und anderes mehr, was die Jugend aus dem Westen gewohnt war. Genervt von der Eintönigkeit der Landschaft, den, wie sie fanden, tristen Wohnverhältnissen, den Hühnern, den Enten und zischenden Gänsen, die ihnen vor den Füßen herumliefen, wünschten sie sich nichts sehnlicher, als wieder nach Hause zu fahren. Aber die Alten nahmen sich Zeit, blieben wie angewachsen sitzen und wollten nicht vom Fleck. Sogar beerdigt werden wollte einer auf dem Dorffriedhof und hatte gefragt, was das koste.

Als Janusz das der Babka erzählt hatte, die damals noch lebte, hatte sie zu zetern begonnen. Sie kannte den Mann aus dem Niederdorf noch und wußte Schlechtes von ihm zu berichten.

»Bevor ich mir mit dem das Gras auf dem Friedhof teile«, hatte sie zu Janusz gesagt, »will ich lieber im Kartoffelacker verbuddelt werden.«

Es hatte lange gedauert, bis sie sich beruhigte, obwohl der Deutsche lebend und unverrichteter Dinge von seinen Kindern wieder Richtung Deutschland gefahren wurde.

Während Janusz auf eine Antwort auf seine Frage wartete, starrte ihm Marie mit zusammengekniffenen Augen ins Gesicht. Sein Vorname, den sie deutlich verstanden hatte, ließ einen Verdacht in ihr aufkommen.

»Entschuldigen Sie bitte«, sagte sie so höflich sie konnte, »sind Sie vielleicht hier im Schloß geboren?«

»Ja«, gab er, wenn auch befremdet, zur Antwort, »ich bin hier geboren. Mein Vater war Magaziner im Kombinat. Warum wollen Sie das wissen?«

»Ich bin auch hier geboren«, sagte Marie, kramte in ihrer Tasche, zog das Plastikschächtelchen hervor, klappte es auf und hielt Janusz den Löwen hin.

Der erkannte sofort die Figur, die er damals der Deutschen geschenkt hatte, und damit auch Marie, die das Zinnparadies als Kind vor der Flucht aus dem Schloß unter den Dachziegeln auf dem Zwischendach versteckt hatte.

Er wußte nicht, was er sagen sollte. Noch weniger wußte er, was die Deutsche, die jetzt, ebenso unerwartet wie damals, aufgetaucht war, von ihm wollte. Eine plötzliche Verlegenheit machte ihn unbeholfen, und er fragte Marie, ob sie ein zweites Mal gekommen sei, um sich das Zinnparadies zu holen. Es sollte wie ein Scherz klingen, wirkte aber vielmehr so, als mache er sich über die Deutsche lustig.

Marie klappte das Deckelchen zu und ließ den Löwen zurück in ihre Tasche gleiten, ohne auf die Worte von Janusz einzugehen. Sie empfand keine Lust, ihm seine alberne Frage zu beantworten oder nach dem Zinnparadies zu fragen, das ihr nicht mehr wichtig war. Sie brauchte Zeit, um ihren eben noch geträumten Traum vom deutsch-polnischen Künstlerhaus zu begraben und zu akzeptieren, was für eine Verwendung ihr Elternhaus inzwischen gefunden hatte.

Einen Augenblick wünschte sie sich, daß es in sich zusammenfiele oder wie ein riesengroßer Fesselballon in den Himmel abhöbe, in jedem Fall aber vom Erdboden verschwände. Es blieb aber stehen, ruckte und rührte sich nicht. Ein wenig verkommen und durch den Verlust von Veranden und Wintergarten plump geworden, mit einer gräßlichen Klingel im Bauch, hatte es kaum noch etwas mit einem Schloß und noch weniger mit Maries Kindheitserinnerungen gemein.

Auch wenn es etwas unhöflich wirkte, wandte sich Marie von Janusz weg, um mit dem Rücken zum Haus zu stehen. So sprach es sich leichter, während ihr Blick über Sträucher, Hof und Felder hinweg den schmalen, aus der Ferne bläulich wirkenden Waldrand suchte, der den Horizont begrenzte.

»Man hat mich gebeten«, sagte sie förmlich, »für ein deutsches Magazin einen Beitrag über schlesische Schlösser im heutigen Polen zu schreiben. Das und nichts anderes ist der Grund meines Hierseins.«

Endlich hatte sie sich wieder in der Gewalt und konnte Janusz, wenn auch mit einem kleinen, ein wenig hochmütigen Lächeln ins Gesicht sehen. Der nickte ernst und schien geradezu erleichtert zu sein.

Er hatte Mühe gehabt, in der weißhaarigen Frau vor sich die Deutsche wiederzuerkennen, der er damals aus Mitleid den Löwen geschenkt hatte. Er wunderte sich, daß er die Situation von damals total verdrängt hatte, und noch mehr wunderte er sich darüber, daß Marie nicht nach dem Zinnparadies fragte, obwohl sie doch den kleinen Löwen, wie es aussah, stets bei sich trug.

»Großmutter ist tot«, sagte er mit seinem schleppenden Akzent, »ich wohne jetzt mit meiner Frau und meiner Tochter oben im Schloß.«

Marie nickte höflich, und Janusz fuhr langsam fort, es sei ihm eine Ehre, wenn Marie ihn und seine Familie am Nachmittag zum Kaffee besuchen würde. Dann könne er ihr berichten, wann und wie das Schloß seinen Besitzer gewechselt habe und warum es zur Schule umgebaut wurde, deren Leiter er jetzt sei. Zudem sei es ihm selbstverständlich eine Freude, Marie die Klassenräume zu zeigen.

Abermals nickte Marie, und Janusz machte den Vorschlag, sie in zwei Stunden hier vor dem Portal abzuholen. Danach verbeugte er sich kurz und wandte sich dem Nebeneingang zu, von dem aus die Wendeltreppe in seine Wohnung führte.

Da Marie nicht so recht wußte, wohin sie gehen sollte, um die von Janusz angegebene Zeit bis zum Kaffee bei seiner Familie zu überbrücken, blieb sie noch eine Weile auf dem Mäuerchen sitzen. Der Park war wenig einladend. Noch immer wurde er von dem häßlichen Betonpfad durchkreuzt, der von der Straße zum Schloß führte. Auch fehlten hier Blumen und Sträucher. Der Rasen, knöchelhoch von Unkraut durchwachsen, hatte die früheren Wege überwuchert und lud nicht gerade zu einem Spaziergang ein. Wäre sie jünger, dachte Marie, dann würde sie jetzt in ihr Baumhaus zwischen die mächtigen Zweige der alten Linde klettern, um dort Schutz und Trost zu suchen.

Also ging sie nicht in den Park, setzte sich auch nicht in ihr Auto, sondern lief zu Fuß die Gasse entlang, an den neugebauten, zweistöckigen Häusern vorbei bis zur Dorfstraße. Niemand sah ihr nach, kein Kind folgte im gehörigen Abstand, wie sie es bei ihrem letzten Besuch noch erlebt hatte, um bei der erstbesten Gelegenheit Bonbons zu erbetteln. Marie wurde auch nicht gegrüßt. Genausogut hätte sie mit einer Tarnkappe auf dem Kopf durch ihren Geburtsort gehen können. Im sogenannten Oberdorf hatte sich wenig verändert. Ein paar Häuser waren neu gedeckt, andere frisch verputzt. In den Vorgärten wuchsen Blumen, und an den Apfelbäumen hingen die Früchte wie eh und je.

Marie vermißte nur die Fohlen und Jährlinge, die in ihrer Kindheit auf den Koppeln rechts der Dorfstraße weideten oder herumtollten, bis sie eingefahren oder als Remonten an die Wehrmacht verkauft worden waren. Heute lungerten hier ein paar angepflockte Ziegen zwischen Gänsen und Enten herum, die zum Dorfteich strebten.

Marie bog links ab in den Weg zum ehemals evangelischen Friedhof, der im Lauf der Jahre verwildert war. Selbst die Grabsteine waren kaum noch zu erkennen. Wie Findlinge ragten sie aus Brennesseln, wilden Brombeeren, Holunderbüschen und Knöterich hervor. Vom Türmchen der Sterbeglocke waren nur noch ein paar verrottete Balken zu sehen. Hier hatte sich seit Jahrzehnten niemand verantwortlich gefühlt. Denn die Polen sind katholisch, und wer hier unter der Erde liegt, ist evangelisch, und das waren die Deutschen.

Vergeblich suchte Marie nach einem Pfad, der sie zu der Familiengruft und zu den Gräbern ihrer Vorfahren führen könnte. Hier schienen nur Karnickel zu hausen, und die hinterließen keine Spuren. Sie brauchte Zeit, um sich Schritt für Schritt durch das Gestrüpp zu kämpfen.

Bald steckte sie mitten im Grün und hatte Mühe, sich zu orientieren, bis ihr schließlich die Sonne am blauen Himmel half. Weiter als fünfzig Meter konnte sie nicht mehr von ihrem Ziel entfernt sein, als ihr ein Geräusch in die Ohren fuhr, das nicht hierher gehörte. Im ersten Moment konnte sie es sich nicht erklären. Es klang wie das Ein- und Ausatmen eines seltsamen Tieres, regelmäßig und kräftig. Dann plötzliche Stille, und dahinein ein schleifendes Schlagen, Stein auf Metall. Da wußte Marie Bescheid, hier auf dem Friedhof dengelte jemand seine Sense, hier wurde gemäht. Fragte sich nur, was.

Marie kroch dem Geräusch nach durch das Gestrüpp und stand plötzlich am Rand der vom Friedhof abgeteilten Familiengrabstätte. Hier wuchsen weder Unkraut noch Brennesseln, hier wucherten keine Brombeeren, kein Efeu und kein Knöterich. Nicht eine der alten Grabplatten war zu sehen, auch kein Grabstein, nicht mal ein Hügelchen war geblieben. Statt dessen wuchs hier im Rund um die in sich zusammengefallene Gruft saftiges Grünfutter, wie man es für das Vieh anbaute. Ein krummbeiniger alter Mann war dabei, einen Teil davon zu mähen und auf den mitgebrachten Karren zu laden. Als er Marie sah, tippte er mit der Hand an seine Mütze, was wohl eine Art Gruß bedeuten sollte.

Daß da eine fremde Frau aus dem Dickicht auftauchte, schien ihn nicht sonderlich zu stören.

Es war die Selbstverständlichkeit, mit der dieser Alte seiner Arbeit auf den Gräbern ihrer Familie nachging, die Marie erzürnte. Sie vergaß, daß der Mann sie nicht verstand, und herrschte ihn auf deutsch an, was er sich dabei dächte, die Grabstätten ihrer Familie mit Grünfutter zu bebauen. Und ob er denn gar keinen Respekt vor den Toten habe.

Zu ihrer Verblüffung schien der Mann sie verstanden zu haben. Sein Kopf rutschte zwischen die Schultern, und in sein faltiges Gesicht zog ein merkwürdiges Grinsen, von dem Marie nicht wußte, ob es böse oder freundlich war. Und als er den Mund öffnete, ließ er zwei einsame

Eckzähne sehen, die wie kleine Pfähle aus seinem Kiefer ragten. Er kaute und wälzte seine Zunge zwischen den beiden Zähnen hin und her, um auf diese Weise sehr mühsam deutsche Worte zu formen, die er langsam Stück für Stück aus seinem Gedächtnis zu holen schien.

»Nix Friedhof«, sagte er, »alles weg.« Mit einer einzigen Bewegung seines Armes wischte er über das Gestrüpp des ehemaligen Gottesackers, über die Gruft und die eingeebneten Gräber von Maries Vorfahren. »Das hier gut für Ziege, gut für Kuh.«

Wie zur Bestätigung nahm er von der Mischung aus Lupine und Klee eine Handvoll und hielt Marie das Grünzeug unter die Nase, als solle sie daran riechen.

Nein, der Alte hatte kein schlechtes Gewissen, nickte Marie sogar zu, klopfte jetzt auf den Boden und wiederholte grinsend seine Worte: »Gut für Ziege, gut für Kuh.«

Ob er damit Maries Vorfahren meinte, die seiner Meinung nach für den guten Stand seines Grünfutters zuständig waren? Marie wagte keine weitere Frage und trat, ohne sich von dem Alten zu verabschieden, den Rückweg an. Während sie den eigenen Spuren nach abermals durch das Gesträuch kroch und hin und wieder einen halb versunkenen Grabstein streifte, dachte sie an die Totensonntage ihrer Kindheit.

Es gehörte zu den Gepflogenheiten der Familie, daß man an jenem Tag, jeder mit einem Kranz beladen, zum Friedhof ging. Die Kränze, in der Schloßgärtnerei gebunden, waren schwer, und den Marie trug, schnitt ihr in die Finger. Der Weg, nicht länger als tausend Meter, schien kein Ende zu nehmen. Einmal hatte Marie ihren Kranz kurzerhand geschultert, um leichter mit der ungewohnten Last fertig zu werden, war aber sofort von der Großmutter zurechtgewiesen worden. Den Toten zu Ehren möge

Marie sich zusammennehmen, hieß es, und sie mußte den schweren Kranz aus Tannen- und Kiefernzweigen, mit Chrysanthemenblüten besetzt, wieder wie die Erwachsenen in ordentlicher Haltung vor sich her tragen.

Vorneweg die Kinder, danach die Eltern und die Mutter des Vaters, deren Mann schon gestorben war. Auf dem Friedhof angekommen, legte jeder seinen Kranz an immer dasselbe Grab und sprach ein kurzes Gebet. Die Menschen, die hier lagen, waren alle schon vor Maries Geburt gestorben. Sie wußte nur, daß es sich um Großtanten, Großonkel, Urgroßeltern und Ururgroßeltern handelte, die alle einmal im Schloß gelebt hatten. Dann öffnete der Vater mit einem sehr großen, ein wenig rostigen Schlüssel die Gruft, wo auch der Sarg des Großvaters stand, auf den die Großmutter ihren Kranz legte und schweigend ein wenig verweilte, bis alle wieder gingen, der Vater die Gruft abschloß und der Sarg mit dem blumengeschmückten Kranz in eisiger Finsternis zurückblieb.

Wie damals mußte Marie auch jetzt daran denken, wie leid ihr jedesmal die Blumen getan hatten, die ohne Licht und Wasser in der Dunkelheit auf dem Sarg des ihr unbekannten Großvaters verwelken mußten.

Jetzt gab es keine Gruft mehr, keine Särge, nicht einmal mehr Gräber. Aus der Familiengrabstätte war ein Grünfutteracker geworden, gut für Ziege, gut für Kuh.

Pünktlich zur verabredeten Zeit fand sich Marie vor dem Portal ihres Elternhauses ein, wo Janusz schon in Begleitung seiner kleinen Tochter Danka wartete. Hätte Marie geahnt, welcher Ärger zwischen Janusz und seiner Frau Irena diesem Treffen vorausgegangen war, sie wäre der Einladung sicher nicht gefolgt.

Nur mühsam hatte sich Irena, im Gegensatz zu Tochter

und Mann, an die neue Umgebung gewöhnt. Nicht nur, daß sie sich über die schon erwähnten Treppen ärgerte, auch die ungewohnte Höhe der Räume störte sie. Schließlich seien sie keine Riesen, und für so ein Zimmer, doppelt so hoch wie nötig, würden sie in einem Monat mehr Kohlen verbrauchen als in der früheren Wohnung im ganzen Jahr.

»Aber dafür wohnen wir jetzt in einem Schloß«, jubelte Danka.

»Soso«, entgegnete die Mutter, »und du bist jetzt eine Prinzessin, was?«

»Nein«, gab Danka kleinlaut zu, »aber vielleicht werde ich ja mal eine.«

»Da siehst du, was das Kind für einen Unsinn redet. Wir gehören einfach nicht in ein Schloß«, klagte Irena.

»Aber in eine Schule«, brauste Janusz auf, »und das hier ist eine Schule, versteh das doch.«

So und ähnlich wiederholte sich dieser Streit ein ums andere Mal, ohne daß Irena Einsicht zeigte.

Als jetzt Janusz mit der Nachricht kam, daß er die Deutsche, die bei Kriegsende mit ihren Eltern davongejagt worden war, zum Kaffee eingeladen habe, geriet Irena vollends außer sich.

»Bist du verrückt, die Niemka einzuladen«, schrie sie, »wer weiß, was die will.«

Mit Spott in der Stimme wandte sie sich unerwartet an Danka und warnte die Tochter, auf ihr Zinnparadies achtzugeben. Vielleicht sei ja die Deutsche nur gekommen, um es sich jetzt abzuholen. Beim erstenmal habe es der Vater ja nicht rausgerückt.

Danka sah von einem zum anderen und verstand nicht, wieso das Zinnparadies der Niemka gehören sollte, die der Vater zum Kaffee eingeladen hatte.

Um das Kind zu beruhigen, schilderte Janusz in kurzen Sätzen die Herkunft der Zinnfiguren und daß er sie da gefunden habe, wo die Deutsche sie selbst als zehnjähriges Kind versteckt habe.

»Und jetzt?« fragte Danka mit bebender Stimme, »jetzt will sie es mir wegnehmen?«

»Nein, das will sie nicht. Sie hat doch den Löwen.«

Im Gegensatz zu Danka schien sich die Mutter nicht zu beruhigen.

»Ich trau der Deutschen nicht, und deshalb kommt sie mir auch nicht in die Wohnung«, sagte sie, lief hin und her, öffnete ein Fenster, um hinauszusehen, schloß es wieder, setzte sich hin und stand wieder auf, während sie sich ununterbrochen durch die Haare fuhr.

Besorgt betrachtete Janusz seine Frau, die er noch nie in einem solchen Zustand erlebt hatte. Als er sah, daß ihre Lippen zu zittern begannen, ging er auf sie zu und nahm sie in den Arm.

»Irena«, sagte er leise, »wovor hast du eine solche Angst?«

»Daß es wieder ein Unrecht gibt«, flüsterte sie und fing an zu weinen, »und einer den anderen wegjagt.«

»Man kann uns nicht wegjagen«, tröstete Janusz seine Frau, »und die Niemka ist die letzte, die an so etwas denkt, glaub mir. Sie ist hier, um über unsere Schule zu schreiben. In Deutschland will man wissen, ob und wie die ehemaligen Herrenhäuser genutzt werden. Ich denke, es ist richtig und wichtig, ihr Auskunft zu geben.«

Allmählich gelang es ihm, Irena zu beruhigen, und schließlich war sie sogar bereit, einen Blechkuchen zu backen, um den fremden Gast gebührend zu empfangen, auch wenn ihr der Besuch nach wie vor nicht geheuer war.

»Ist es denn Ihrer Frau auch recht, wenn ich zu Ihnen in die Wohnung komme?« fragte Marie und gab Janusz noch einmal die Hand, obwohl sie sich erst vor zwei Stunden verabschiedet hatten.

»Natürlich«, log Janusz, »sie freut sich auf Ihren Besuch«, und dann schob er Danka vor, die sich im Rücken des Vaters versteckt hatte. Sie möge der Niemka die Hand geben, flüsterte er dem Kind auf polnisch zu.

»Dzień dobry«, hauchte Danka mit niedergeschlagenen Augen und machte einen Knicks, der bis zum Boden reichte. Auf diese Weise nahm sie Maries Lächeln nicht wahr und fühlte nur deren Hand auf dem Kopf.

Marie hingegen dachte einen Augenblick an die eigene Kindheit und daran, wie oft sie, ähnlich wie das kleine polnische Mädchen jetzt, an der Seite des Vaters Gäste begrüßen und einen Knicks machen mußte.

»Bitte hier entlang«, sagte Janusz und bat Marie, nicht durch das Portal einzutreten. Er führte sie zu einem der Nebeneingänge.

Danka, die dem Vater und der Niemka in gebührendem Abstand folgte, hatte genug Zeit, die Fremde, der nach Vaters Aussage das Zinnparadies gehört hatte, in Ruhe zu betrachten. Sie hatte kurzgeschnittene weiße Haare, und in ihrem Gesicht fielen als erstes die Augen auf. Knallblaue Augen, vor denen sich Danka ein wenig fürchtete, weil sie aussahen, als könnten sie Gedanken lesen. Der Mund hingegen schien gern zu lachen und war so beweglich wie die ganze Person, die neben dem Vater herlief, als sei sie keine alte Frau. Die beiden unterhielten sich auf deutsch, worüber sich Danka ärgerte, weil sie kein Wort verstand.

Nachdem sie den Nebeneingang im Souterrain betreten hatten und an der Kombinatsküche vorbeigegangen waren, blieb die Niemka plötzlich stehen, fragte den Vater etwas und riß die Tür zur Küche auf. Am Nachmittag befand sich hier niemand. Es roch noch etwas nach Bohnen und gebratenen Zwiebeln, ansonsten war alles tipptopp aufgeräumt.

Die Deutsche verhielt sich Dankas Meinung nach seltsam. Sie ging von einem Fenster zum anderen, drehte die Wasserhähne auf und wieder zu, horchte auf die Geräusche des abfließenden Wassers im Spülstein, öffnete die Tür zur Speisekammer, ohne hineinzusehen, umkreiste wie ein Kind die in der Mitte stehende Säule, die das Dekkengewölbe stützte, und blieb schließlich vor dem großen rechteckigen Herd stehen, auf dem mindestens zehn Kochtöpfe Platz hatten. Dabei legte sie beide Hände auf die Herdplatte, als wolle sie deren Wärme prüfen, und schloß beunruhigend lange die Augen.

»Was macht sie da?« flüsterte Danka und zupfte Janusz an der Jacke.

»Weiß nicht«, antwortete der Vater, ebenso leise, »vielleicht denkt sie an ihre Kindheit. Schließlich ist sie wie ich hier geboren und hat, bis sie verjagt wurde, so wie du hier gewohnt.«

Plötzlich tat die Niemka Danka leid. Ohne daß der Vater etwas gesagt hätte, ging sie zum Herd und legte ihre kleine Hand so dicht neben die der deutschen Frau, daß sich ihrer beider Finger berührten. Darauf öffnete Marie die Augen, die Danka ein wenig feucht vorkamen, und lächelte das Kind an, bis es zurücklächelte.

Ohne ein Wort der Erklärung für ihr Verhalten verließen sie wie auf Verabredung alle drei die Küche. An der Hintertreppe, die Janusz als Haupttreppe bezeichnete, war der ehemals lange Flur zugemauert. An früher erinnerte lediglich noch das Treppengeländer, in dessen Lauf sich Maries Hand wie eh und je schmiegte.

Danka schlich nicht mehr hinter ihnen her, sondern hüpfte mit fliegendem Röckchen ohne Pause die Stufen aufwärts, wartete ungeduldig auf die Erwachsenen und hüpfte weiter bis ins obere Stockwerk.

Die Türen, die früher zur Halle, zur Anrichte und von da ins Eßzimmer führten, waren verschwunden. Zugemauert. Auch oben, wo sich einst die Gäste- und Kinderzimmer befanden, waren die Wände versetzt und nahmen Marie die Orientierung. Fast erleichtert stellte sie fest, daß das alles hier nichts mehr mit ihr zu tun hatte und daß sich mit jedem Schritt die Erinnerung verflüchtigte. Eine Erinnerung, die längst Lücken bekommen hatte, hinten und vorne nicht mehr stimmte und allenfalls eine Rührseligkeit hervorrief, die Marie in Gegenwart von Janusz und seiner Tochter unangenehm war.

Das ehemals blaue Zimmer, in dem die Babka gewohnt hatte und das Marie schon von ihrem letzten Besuch her kannte, hatte sich wiederum verändert. Neue Wände, neue Durchbrüche, neue Türen. Nur der kleine Erker war geblieben, wie er war. Die modernen Möbel gefielen Marie, und an den hellen Wänden hingen Drucke und Grafiken von polnischen Künstlern. Es roch nach ofenwarmem Blechkuchen, und der Tisch im Wohnzimmer war für eine Kaffeetafel gedeckt.

Irena hatte ihre Schürze abgebunden und gab Marie mit einer eher abweisenden als freundlichen Miene die Hand.

Irgendwie hatte sie sich die Niemka anders vorgestellt. Nicht so herzlich, auch nicht so höflich. Als erstes sagte die Deutsche, daß ihr die Wohnung gefalle, was Janusz sofort wörtlich übersetzte. Dann nahm sie in dem ihr angebotenen Sessel Platz und fing an zu essen, kaum daß Irena ihr von dem Blechkuchen ein Stück auf den Teller gelegt hatte. Sie habe nämlich Hunger, sagte sie lachend, und dankte für den gastlichen Empfang.

Danka sah der Deutschen interessiert zu, wie sie kaute und schluckte, als säße sie allein am Tisch. Eine unerwartete Stille breitete sich aus, die ausgerechnet Danka unterbrach. Hier habe früher die Babka gewohnt, sagte sie und bat den Vater um Übersetzung.

Marie nickte dem Kind lächelnd zu und sagte, daß ihre Babka früher auch in diesem Zimmer gewohnt habe.

In Dankas kleinem Gesicht wurde alles rund. »Aber Sie sind doch selbst eine Babka.«

Janusz zögerte einen Augenblick, die Worte seiner Tochter zu übersetzen, tat es aber schließlich doch, obwohl ihm seine Frau Zeichen machte, daß es besser sei zu schweigen.

»Stimmt«, antwortete Marie, »heute bin auch ich eine Babka. Damals war ich ein Kind, und meine Babka wohnte hier, genau wie deine.«

»Aber das muß doch ganz lange her sein.«

»Ja, sehr lange, und wenn ich tot bin, wird es niemand mehr wissen.«

Wieder entstand eine Pause, die kein Ende nehmen wollte. Irena dachte krampfhaft über ein anderes Thema nach, das sie zur Sprache bringen wollte und das ihr nicht einfiel.

Diesmal war es Janusz, der das Schweigen durchbrach. Ob Marie sich an einen Martin Gutschke erinnern könne. Die Babka habe diesen Namen in ihrer Todesstunde mehrmals erwähnt.

Sie glaube sich zu erinnern, antwortete Marie, daß Martin Gutschke ein Gespannführer auf dem väterlichen Gut gewesen sei, aber mehr wisse sie auch nicht. Wieder verlief ein Thema im Sande.

Schließlich faßte Marie den Mut, nach den Grabsteinen ihrer Vorfahren zu fragen, nach denen sie auf dem Friedhof gesucht habe.

»Zu meiner Verwunderung«, fuhr sie fort, »habe ich nicht einmal einen Grabhügel gefunden, sondern ein plattes Areal, auf dem ein alter Mann Grünfutter mähte. Und wissen Sie, was er zu mir gesagt hat?« Marie wurde plötzlich die Komik der Situation bewußt. Sie mußte lachen. »Gut für Ziege, gut für Kuh, hat er gesagt und dabei auf die Erde geklopft.«

Janusz mußte auch lachen, unterließ es aber, seiner Frau und Danka zu übersetzen, was Marie ihm erzählt hatte.

»Die Grabsteine und Grabplatten Ihrer Familie«, sagte er, wieder ernst geworden, »hat man in die Kreisstadt ins Lapidarium gebracht. Dort, auf einem nicht mehr benutzten Friedhof, wurden alle alten Grabsteine aus der Umgebung gesammelt, damit sie erhalten bleiben und nicht beschädigt werden.«

Als sei mit der Geschichte vom Friedhof und dem alten Mann das Eis gebrochen, war die Spannung im ehemals blauen Zimmer verschwunden und die Stimmung zwischen Marie, Janusz, Irena und Danka gelöst.

Janusz begann, ausführlich und mit allen Daten die Geschichte des Schlosses nach der Flucht der Deutschen zu erzählen. Es sei sein Plan gewesen, hier eine Schule für die ersten Klassen einzurichten. Der Platz im alten Schulhaus habe für alle Kinder im Dorf nicht mehr gereicht. Marie machte sich Notizen und stellte Fragen. Obwohl sie Jahr für Jahr durchgingen, erwähnte Janusz mit keinem Wort Maries früheren Besuch und Danka zuliebe auch nicht das Zinnparadies, das er damals, als kleiner Junge, für sich behalten hatte.

Gott sei Dank fragte Marie nicht danach.

Als der Kuchen gegessen und der Kaffee getrunken war, stand Marie auf und bat Janusz, ihr die Klassenräume zu zeigen. Vielleicht wolle ja auch Danka mitkommen. Sie waren schon an der Tür. Marie hatte sich bereits bei Irena für die Einladung bedankt, als ihr Blick auf den kleinen Erker fiel. Der war ihr ganz vertraut mit seinen schmalen Fenstern nach Westen, Süden und Osten. Oft hatte Marie hier als Kind neben der Großmutter gesessen, um sich vorlesen zu lassen.

»Der Erker«, sagte sie, »ich würde noch einmal gern im Erker aus den Fenstern sehen.«

Ohne die erschrockenen Blicke ihrer Gastgeber zu bemerken, schon gar nicht Dankas entsetztes Gesichtchen, ging Marie die paar Schritte zurück, stand jetzt an den schmalen Fenstern und blickte in alle drei Himmelsrichtungen. Da war der Park mit der großen Linde, der Hof mit den neuen Gebäuden, und vom Fenster nach Osten blickte sie auf die Felder, die nur von den Alleen unterteilt und vom Wald begrenzt waren. Ein Anblick, vertraut und fremd zugleich.

Als Marie sich umdrehte und ihre Augen die Grünpflanzen streiften, die in mehreren Stufen auf einem Blumenständer arrangiert waren, sah sie ein rotes Samtdeckchen, das eigentlich nicht hierher gehörte. Und darauf standen hübsch angeordnet Adam und Eva, der Apfelbaum und all die Tiere, wie sie einst von Marie im Dach zwischen Turm und Giebelwand versteckt worden waren.

»Mein Gott«, flüsterte sie, »mein Gott, das Zinnparadies.«

Danka, die hinter Marie stand, hielt sich den Mund zu, als müßte sie schreien. Janusz und Irena standen noch immer an der schon geöffneten Tür und schwiegen. Es schien, als wagte keiner der Anwesenden, Luft zu holen.

Irena ärgerte sich, die Figuren nicht vor dem Besuch der Deutschen weggeräumt zu haben. Janusz machte sich zum Vorwurf, darauf gehofft zu haben, Marie möge das Zinnparadies nicht bemerken, und Danka war davon überzeugt, daß sich die Niemka jetzt endlich zurücknahm, was ihr einmal gehört hatte.

Alle drei starrten Marie an, die immer noch ganz versunken dastand, aber keine der Figuren berührte. Plötzlich griff sie in ihre Tasche, holte das Plastikschächtelchen hervor, nahm den Löwen heraus und stellte ihn zu den anderen Figuren auf das Samtdeckchen der Babka. Dort nahm er sich, verbogen, wie er war, und bis auf das Zinn abgegriffen, ein wenig seltsam aus.

»Na, mal sehen«, sagte Marie zu Danka, »ob die anderen noch etwas von ihm wissen wollen, schäbig, wie er aussieht.«

Danka, die Marie ja nicht verstehen konnte, sah hilfesuchend zu ihrem Vater, der sich sichtlich erleichtert beeilte, zu übersetzen. Zur Verwunderung von Vater und Mutter stellte sich Danka unaufgefordert neben Marie und schob ihre kleine Hand in die von der Niemka und sagte auf polnisch: »Komm, ich zeig dir die Schule!«

Sie waren abermals außen herum gegangen und betraten die Schule durch die Portaltür, die Janusz aufschließen mußte.

Im ehemaligen Salon hob Marie schnüffelnd die Nase. Wie sie befürchtet hatte, roch es hier wie in allen Schulen nach Putzmitteln, nach kindlichem Angstschweiß, nach kleinen Jungs und nach Bohnerwachs. Nichts da von türkischem Zigarettenrauch oder dem Parfum von Maries Mutter. Hier erinnerte überhaupt nichts an früher. Auch der Kamin war verschwunden, auf dessen Sims die aus Marmor gehauenen Putten standen, die der letzte polnische König einer von Maries Urahninnen geschenkt hatte. Und da, wo der mannsgroße italienische Spiegel gehangen hatte, prangte jetzt eine Bildtafel, auf der einheimische Vögel abgebildet waren.

Danka hüpfte von Bank zu Bank. Die gelben Schleifen, die ihr Irena zu Ehren des Gastes ins Haar gebunden hatte, flatterten wie Zitronenfalter um den kleinen Kopf.

»Hier sitze ich«, rief sie und schlug vergnügt mit der flachen Hand auf eine der Bänke, daß es durch den ganzen Raum hallte.

Marie fuhr zusammen. Der Stolz des Kindes rührte sie. Plötzlich verspürte sie kein Verlangen mehr, Danka zu erzählen, wie es hier früher ausgesehen hatte. Und zu ihrem eigenen Erstaunen machten Barockmöbel, Flügel, der Kamin mit den Putten, die mit alten Uhren und Porzellan gefüllten Vitrinen und die Bilder der Ahnen an den Wänden immer mehr den Schulbänken, dem Kartenständer und einem riesigen blechernen Papierkorb Platz. Die Stimme von Janusz, der jedes Wort seiner Tochter getreulich übersetzte, kam Marie immer lauter vor.

»Und das sind unsere neuen Tafeln«, fuhr Danka stolz fort, »man kann sie auf und ab schieben, guck mal!«

Sie ließ die leeren schwarzen Flächen von einer Höhe in die andere gleiten, hüpfte zum Lehrerpult, erzählte, daß hier der Vater säße, öffnete einen Schrank und zeigte auf Karten und Bildtafeln, die dort ordentlich nebeneinander aufgereiht standen.

Janusz kannte seine Tochter nicht wieder. So aufgedreht hatte er sie selten erlebt. Woher nahm sie dieses Vertrauen zu der Deutschen, die schweigend hinter dem Kind herging, als hätte sie diese Räume noch nie betreten?

Im Saal, der im Winter offensichtlich auch als Turnhalle benutzt wurde, denn an den Wänden waren Kletterstangen angebracht, in diesem Saal stand eine kleine Bühne und darauf ein Klavier.

»Darf ich?« fragte Danka den Vater, wartete aber keine Antwort ab, sondern klappte den Deckel auf und begann auf dem etwas verstimmten Instrument mit zwei Fingern ein Lied zu spielen und dazu auf polnisch zu singen. Marie erkannte das Lied allein an der Melodie: O du lieber Augustin, alles ist hin.

Eigentlich war es Janusz, der zu Tode erschrak und seine Tochter vom Klavier wegreißen wollte. Er schrie sie sogar an, und Danka, die so einen Anpfiff von ihrem Vater nicht gewohnt war, auch seinen Zorn nicht verstand, traten Tränen in die Augen. Verstört sah sie Marie an, die sich jetzt neben Danka auf die Klavierbank drückte und ihrerseits das Lied zu spielen und auf deutsch zu singen begann.

Rock ist weg, Stock ist weg
Augustin liegt im Dreck.
O du lieber Augustin,
alles ist hin.

Sie stupste Danka an und nickte ihr zu, von vorn zu beginnen. Und so sangen die beiden je eine Zeile auf deutsch und die folgende auf polnisch, während Janusz nicht wußte, wohin er sehen sollte.

Wenn er das am nächsten Tag seinen Kollegen erzählte, würde ihm keiner glauben. Die beiden ließen sich nicht unterbrechen und wiederholten ihren merkwürdigen Gesang noch mehrere Male. Dann schloß Marie den Deckel und fragte Janusz, ob das Kind sie in den Park begleiten dürfe. Natürlich, sagte er erleichtert, sah auf die Uhr und entschuldigte sich, daß er aus Zeitgründen leider nicht mitkommen könne.

Wie in Maries Kindheit war der Park zweigeteilt. Nur in der Hälfte, wo früher Obst und Gemüse angebaut wurden, die Frühbeete lagen und im Sommer jede Menge Schnittblumen für die vielen Vasen im Haus wuchsen, war jetzt ein Sportplatz. Im hinteren Teil waren die Tore für Fußballspiele einbetoniert, im vorderen Teil gab es eine Weitsprunggrube, eine Laufstrecke und als Pausenhof einen zertrampelten Rasen.

Bäume, Sträucher und Hecken waren verschwunden, und Marie konnte Dankas Begeisterung über diesen etwas kläglich wirkenden Sportplatz nicht teilen. Sie schüttelte enttäuscht den Kopf und zog das Kind hinüber in den anderen Teil.

Hier gab es zwar auch keinen gepflegten Rasen wie früher, keine geharkten Wege, Rosenbeete und Ziersträucher, aber die alten Bäume standen noch da, die Platanen, Eichen, die Rotbuche, die Birke und Maries Lieblingsbaum, die Linde. Danka wußte nicht recht, was sie hier sollte, und sah jetzt der Niemka zu, wie die den dicken Stamm umkreiste, als suche sie etwas Bestimmtes. Dann fuhr sie mit der Hand über die Rinde, lächelte und winkte Danka, zu ihr zu kommen.

Zu gleicher Zeit beobachtete Janusz oben aus dem Fenster seiner Wohnung die beiden und konnte sich nicht erklären, was das Verhalten der Deutschen bedeuten sollte. Sie machte Danka allerhand Zeichen, tippte zum Beispiel auf sich, zeigte die Größe eines Kindes und dann auf die Linde.

Auch Danka wußte damit wenig anzufangen, bis Marie ihr deutsch-polnisches Lexikon aus der Tasche holte und auf das Wort »Haus« wies. Aber auch das half nichts, und eine Weile sahen sich beide ratlos an. Marie schien Zeit zu brauchen, sah in die mächtigen Zweige des Baumes, die sich in unzähliger Vielfalt wie eine Krone nach oben öffneten. Wie still es hier war, dachte Marie. Nur das ständige Gurren der Ringeltauben war zu hören, vielleicht noch ein paar Amseln. Und weil sie sich gar nicht vom Fleck bewegte, zupfte Danka sie am Ärmel und forderte sie auf, wieder ins Schloß zu gehen.

Da legte die Niemka geheimnisvoll einen Finger auf ihren Mund und führte Danka um den Stamm auf die Seite, von der aus sie beide vom Haus aus nicht gesehen werden konnten. Jetzt wies Marie auf kleine Hubbel und längst verrostete, tief in den Stamm geschlagene Krampen, die auf den ersten Blick nicht zu sehen waren. Marie tippte von Hubbel zu Hubbel und Krampe zu Krampe, und endlich begriff Danka, was die Niemka meinte. Sie sollte da raufklettern. Vorsichtig und ein wenig ängstlich stellte sie ihren Fuß auf den ersten Hubbel, und Marie zeigte dem Kind, wo sie sich mit den Händen festhalten konnte, bis der nächste Halt gefunden war.

Es ging langsam voran, und Marie mußte immer wieder behilflich sein, bis Danka endlich das Ziel erreicht hatte und inmitten der dicken Zweige saß, die sie hoch über dem Erdboden vor allen Blicken verbargen.

Tatsächlich lagen hier noch ein paar Bretter, mit denen Marie sich als Kind eine Art Plattform geschaffen hatte, um darauf liegen zu können, hin und wieder sogar zu schlafen.

Danka klatschte vor Vergnügen in die Hände, winkte Marie von oben zu und hätte sich gewünscht, die Niemka käme jetzt auch hinauf in den Baum. Aber die blieb unten und war wohl für so eine Kletterei zu alt. Durch die Blätter hindurch sah Danka den Vater am Fenster stehen. Sie machte sich nicht bemerkbar, winkte und rief nicht, sondern dachte an den Finger auf dem Mund der Frau. Das hier war ein Geheimnis. Ein Geheimnis, das ihr die Niemka geschenkt hatte und das Danka niemandem verraten würde.

Der kleine Kopf mit den zitronengelben Haarschleifen schimmerte jetzt durch das Geäst und ließ das Lächeln erkennen, mit dem Danka ihrerseits den Finger auf den Mund legte. Marie wiederholte die Geste und breitete die Arme aus, um Danka zu zeigen, daß ihr Maries Hilfe beim Abstieg sicher wäre.

Aber Danka brauchte keine Hilfe, kannte jetzt Hubbel und Krampen und stieg flink wie Marie als Kind vom Baum.

Danach gingen beide zurück ins Schloß, und Janusz, der Danka und Marie beobachtet hatte, überlegte vergebens, was seine Tochter so lange mit der Deutschen da unten, hinter dem Stamm der Linde, gemacht haben könnte.

Marie sah sich kein einziges Mal mehr um, strebte vielmehr in Eile dem Schloß zu. Danka, die damit rechnete, daß die Niemka abermals in die Küche wollte, blieb höflich vor der Tür stehen und sah Marie fragend an. Aber die schüttelte den Kopf. Die Küche interessierte sie nicht mehr, nicht der Herd, nicht der Geruch, nicht die Fenster und Wasserhähne am Spülstein. Die Küche, die seit Maries Kindheit unverändert geblieben war, schien an Wichtigkeit verloren zu haben. Schneller als Danka stieg sie die Treppe hinauf, und als sie in der Wohnung von Janusz und seiner Familie ankam, war sie außer Atem.

»Komm«, sagte sie zu Danka, ohne darauf Rücksicht zu nehmen, ob das Kind sie verstand oder nicht, »komm, laß uns sehen, wie es dem Löwen geht.«

Marie durchquerte ohne Erklärung das Wohnzimmer, was auf Irena unhöflich wirkte. Fragend sah sie ihren Mann an. Danka war Marie gefolgt. Beide starrten zwischen die Grünpflanzen auf das rote Samtdeckchen der Babka mit dem Zinnparadies. Der Löwe stand nach wie vor an dem Platz, wo Marie ihn hingestellt hatte.

»Ich würde gern wissen«, sagte sie leise, »ob ihn die anderen Tiere akzeptieren, so verbogen und abgegriffen, wie er aussieht.«

Danka blickte ihren Vater so lange an, bis der Maries mehr als seltsam klingende Worte übersetzte.

»Sie finden ihn toll«, antwortete Danka, »und es ist ihnen ganz egal, wie er aussieht.«

Auch das mußte Janusz übersetzen.

Er war froh, als sich Marie endlich von dem Blumenständer mit dem Zinnparadies abwandte und höflich, aber bestimmt sagte, daß sie sich verabschieden wolle. Weder Janusz noch Irena hatten etwas dagegen. Beide lächelten, nickten und schlugen vor, noch gemeinsam einen Wodka zu trinken. Marie lehnte ab. Sie wirkte auf die beiden, als habe sie es plötzlich sehr eilig. Sie bedankte sich für die freundliche Aufnahme und für die Informationen, die sie über Schloß und Schule bekommen habe, und reichte den beiden die Hand.

Erst wollte sie Danka umarmen, ließ es dann aber und reichte auch dem Kind, wie zuvor den Erwachsenen, die Hand. Sie sagte auch nicht auf Wiedersehen, sondern Lebewohl. Sie hatte die Klinke schon in der Hand, als Danka etwas rief.

Sie war zu dem Blumenständer gelaufen, hatte den Löwen vom Deckchen genommen und hielt ihn jetzt Marie entgegen.

»Den hast du vergessen«, sagte sie und trat so lange

von einem Fuß auf den anderen, bis der Vater ihre Worte übersetzte.

Marie schüttelte als Antwort nur den Kopf. Und als Danka diese Geste nicht verstand und der Niemka den Löwen in die Hand schieben wollte, beugte die sich langsam zu dem Kind hinunter.

»Ich hab den Löwen nicht vergessen«, sagte sie und strich Danka über das Haar, »ich habe ihn zurückgebracht.«

Ohne die Übersetzung von Janusz abzuwarten, ging sie aus der Wohnung, stieg die Hintertreppe hinunter, die Janusz Haupttreppe genannt hatte, und verließ das Schloß, das jetzt eine Schule geworden war.

Julie Myerson

Die Frau mit den Lilienknochen

Roman. Aus dem Amerikanischen von Sabine Maier-Längsfeld. 299 Seiten. Serie Piper

Verzweifelte Liebe, Eifersucht und fieberhafte Leidenschaft verbindet Laura mit dem fünfzehn Jahre jüngeren Billy. Doch zwischen ihr und dem Geliebten steht die Erinnerung an ihr verlorenes Kind – und der verhaßte Ehemann, dem sie zu lebenslangem Dank verpflichtet ist. Julie Myersons Roman über Sehnsucht und Obsession im Viktorianischen London betört mit einer morbiden Sinnlichkeit, aus deren Umarmung man sich nicht so schnell befreien wird.

»Meisterlich schafft die britische Schriftstellerin Julie Myerson es, in ihrem subtilen Roman Spannung und Atmosphäre zu erzeugen und mit Sprache zu brillieren.«
Hamburger Abendblatt

05/1469/01/L

Madeleine Bourdouxhe

Auf der Suche nach Marie

Roman. Aus dem Französischen von Monika Schlitzer. Mit einem Nachwort von Faith Evans. 192 Seiten. Serie Piper

Sie genießt den Ruf, die treueste und glücklichste alle Ehefrauen zu sein. Dennoch hat sie am Strand durchaus Augen für den jungen Mann in ihrer Nähe. Aus dem Blickkontakt wird eine lustvolle Affäre. Und Marie zermürbt sich nicht. Jedes Treffen mit ihrem Liebhaber ist ein ganz besonderes Glück, trotzdem verliert sie die Realität als feste Größe in ihrem Leben nicht aus den Augen. Ein literarisches Meisterwerk voller Leidenschaft, Liebe und Gefühl.

»Dieser Roman ist einer der schönsten Liebesromane, die es momentan zu lesen gibt.«
Die Woche

05/1342/01/R

Antonio Skármeta

Das Mädchen mit der Posaune

Roman. Aus dem chilenischen Spanisch von Willi Zurbrüggen. 335 Seiten. Serie Piper

Auf der Flucht vor den Nazis landet die kleine Magdalena 1944 in Begleitung eines Posaunisten in der chilenischen Stadt Antofagasta. Hier wird sie liebevoll aufgenommen von Stefano Coppeta, dem Besitzer eines kleinen Gemischtwarenladens. Sie wächst zu einer schönen, aufgeweckten jungen Frau heran, voller Träume und Phantasie. Und ihr größter Traum, der heißt: Amerika. Dort will sie hin, nach New York, wo die Menschen ihr Glück finden …

»Eine anrührende und politische Geschichte, aus der eine tiefe Liebe zu Chile, seinen Menschen und seiner volkstümlichen Musik spricht.«
Süddeutsche Zeitung

05/1484/01/L

Antonio Skármeta

Die Hochzeit des Dichters

Roman. Aus dem chilenischen Spanisch von Willi Zurbrüggen. 311 Seiten. Serie Piper

Auf der winzigen Mittelmeerinsel Gema bereitet man sich auf die Hochzeit des Jahrhunderts vor: Hieronymus soll die schöne Alia Emar bekommen, von der so viele junge Männer träumen und die auch Stefano schon seit geraumer Zeit den Schlauf raubt. Doch die alte Welt befindet sich im Umbruch, und schließlich macht Stefano sich auf in eine bessere Zukunft jenseits des Atlantiks. Eine Liebeserklärung an das alte Europa, voll vitaler Sinnlichkeit und Melancholie.

»Jemand wie Roberto Benigni könnte einen Film aus diesem Buch machen, das voll ist von unaufdringlicher Weisheit und von aufdringlicher Qualität.«
Tagesspiegel

05/1481/01/R

Gabriele Wohmann

Schwestern

Erzählungen. 230 Seiten. Serie Piper

Schwestern sind eitel und geschwätzig, spitzfindig und neidisch – am Ende aber kommen sie doch nicht ohne die andere aus. Gabriele Wohmann versteht es, diese ganz besondere Beziehung auszuloten – denn trotz aller Verschiedenheit verbindet Schwestern mehr als nur die gemeinsame Herkunft: nämlich eine tiefe Liebe, der auch Neid und Auseinandersetzungen nichts anhaben können. Messerscharf und mit psychologischer Raffinesse nähert sich die Erzählerin Wohmann einem wundervoll komplizierten Thema.

»Zum Reizwort ›Schwestern‹ fällt der Autorin so viel ein, daß sich nicht nur die Leserin, auch der Leser auf keiner Seite langweilt und sich, was immer befriedigt, in ihren/seinen einschlägigen Erfahrungen bestätigt fühlt.«

Albert von Schirnding, Süddeutsche Zeitung

05/1459/01/L

Eva Demski

Das Narrenhaus

Roman. 448 Seiten. Serie Piper

Ein vierzehnstöckiges Narrenhaus ist ein Hochhaus am Rand einer Stadt. Dort wohnt alles, was sonst keinen Platz findet und Miete zahlen kann. Eine bunte Gesellschaft, Eigentümer und Mieter, Wessis und Ossis, Gutsituierte, Problemfälle, letztere vom Sozialamt eingemietet. Eva Demski erzählt die tragischen, komischen und verrückten Lebensgeschichten der Bewohner dieses Hauses und fädelt ganz nebenbei ein halbes Jahrhundert deutscher Geschichte auf.

»Eva Demski gelang eine Satire auf die närrischen Eigenschaften ihrer Zeitgenossen, überreich an Einzelheiten und pointensicher.«

Süddeutsche Zeitung

05/1422/01/R

SERIE PIPER

SERIE PIPER

Stefan Beuse

Die Nacht der Könige

Roman. 212 Seiten. Serie Piper

Eine, höchstens zwei Wochen hofft Jakob Winter für diesen Auftrag zu brauchen. Dann will er seiner Familie in den Sommerurlaub folgen. Doch die Begegnung mit der rätselhaften Lilly führt ihn an die Abgründe seiner Existenz. Wer ist sie? Und warum versucht Jakob Winter verzweifelt, ihr näherzukommen? »Die Nacht der Könige« – Amour fou und rasanter Kriminalroman zugleich.

»Eine überaus spannende Geschichte, die satt und süffig, nach dem Muster eines Psychothrillers, erzählt wird … Beuse weiß, daß jede vermeintliche Wirklichkeit eine Konstruktion ist. Entsprechend führt er seinen Helden durchs Leben und uns, seine Leser, aufs Glatteis. Das liest sich gut und hinterläßt am Ende eine erhebliche Irritation.«

Martin Lüdke, Die Zeit

05/1472/01/L

Rupert Thomson

Im weißen Zimmer

Roman. Aus dem Englischen von Karen Lauer. 299 Seiten. Serie Piper

Er ist attraktiv, erfolgreicher Tänzer, hat eine charmante Freundin und fühlt sich wohl in Amsterdam. Bis er eines Abends für Brigitte noch ein paar Zigaretten holen soll. Plötzlich wird er von drei maskierten Frauen überfallen. Er erwacht angekettet in einem weißen Raum, ausgeliefert dem Begehren der drei Frauen. Für eine endlose Zeit, wie es ihm scheint. Als er wieder freikommt, macht er sich auf die Spur seiner Peinigerinnen.

»Der einzige Grund, dieses Buch aus der Hand zu legen, wäre, das Ende der Lektüre hinauszögern zu wollen … So subtil, so brillant, daß man unwillkürlich in Applaus ausbrechen möchte.«

The Independent

05/1408/01/R

Martin Kessel

Lydia Faude

Roman. Mit einem Nachwort von Wilfried F. Schoeller. 541 Seiten. Serie Piper

»Lydia Faude«, nach »Herrn Brechers Fiasko« der zweite große Roman Martin Kessels, ist eine Berliner Skandalchronik und die Komödie einer rettungslosen Illusionistin: Nicht nur die Wilmersdorfer Künstlerkolonie, sondern auch die Reichen in Nizza sind von Lydia Faude und besonders von ihrem erwarteten Millionenerbe angetan. Doch die Hoffnungen platzen, weil das Erbe, die Confiserie Morawé am Kurfürstendamm, nur noch ein Mythos ihrer selbst ist, überaltert und abbruchreif. An diesen Namen und die Aussicht auf Millionen knüpfen sich Gier, Betrug und Kriminalität. Abenteuerliche Pläne werden geschmiedet, vom Kultursalon bis zum Aspasia-Film – aber die Hoffnungen entlarven sich als Luftschlösser ... Martin Kessels großartiger Roman über das Berlin der frühen sechziger Jahre ist temperamentvoll, witzig und ein zeitkritisches Lesevergnügen.

05/1401/01/L

Koos van Zomeren

Eine Tür im Oktober

Roman. Aus dem Niederländischen von Thomas Hauth. 341 Seiten. Serie Piper

Das Leben des renommierten Galeristen Walter in Den Haag ist rundum angenehm, aber vielleicht ein bißchen langweilig. Doch das ändert sich eines Tages gewaltig: Eine bildhübsche Frau betritt die Galerie und läßt sich von Walter die »Geheimgalerie« im Keller zeigen. Und wenig später taucht der genialische, aber notorisch geldgierige junge Maler Eddy Paas auf, um wieder einmal einen Vorschuß zu verlangen. Leider verliert Walter für einen kurzen Moment die Kontrolle, und auf einmal hat er ein großes Problem ...

»Ein zauberhaft leichter Roman über lange im Dunkeln vergrabene und durch die Liebe ans Tageslicht gezerrte Leidenschaften, ein Genrebild von leiser, fast intimer Meisterschaft. Eine wahre Entdeckung also, und ein literarischer Höhepunkt aus unserem platten Nachbarland.«

Süddeutsche Zeitung

05/1435/01/R

SERIE PIPER

Sándor Márai

Das Vermächtnis der Eszter

Roman. Aus dem Ungarischen von Christina Viragh. 165 Seiten. Serie Piper

Vor zwanzig Jahren hat der Hochstapler Lajos, Eszters große und einzige Liebe, nicht nur sie, sondern auch ihre übrige Familie mit Charme und List bezaubert. Eszter hat es ihm nicht verziehen, daß er ihre Schwester Vilma geheiratet hat. Nun kehrt er zurück, um die tragischen Ereignisse von damals zu klären und die offenen Rechnungen zu begleichen. Bei dieser Gelegenheit kommen drei Briefe zum Vorschein, die für Eszter gedacht waren, die sie aber nie erhalten hatte …

»Mit großem Geschick, in einer aufs Wesentliche verknappten und suggestiv aufgeladenen Sprache, verknüpft Márai die Fäden einer desaströsen Liebes- und Lebensgeschichte, die in einem existentiellen Kampf gipfelt, den die Frage bestimmt: Wird Lajos wieder siegen und seinen letzten großen Betrug erfolgreich abschließen?«
Süddeutsche Zeitung

05/1381/01/L

Gwen Edelman

Erzähl mir vom Krieg

Roman. Aus dem Amerikanischen von Carina von Enzenberg. 180 Seiten. Serie Piper

Sie ist jung, behütet aufgewachsen, lebenshungrig. Er ist dreißig Jahre älter, hat als Jude den Zweiten Weltkrieg in Verstekken überlebt. Monatelang treffen sie sich in seiner abgedunkelten Wohnung, und er zieht sie immer weiter in seine Vergangenheit hinein … Die Amour fou zweier Getriebener: ein Wiener Jude, Emigrant in New York, und eine junge Frau ohne Geschichte, die ihm ausgeliefert ist. Gwen Edelmans perfekt gewobener Roman ist eine bittersüße Liebesgeschichte.

»Gwen Edelman stürzt in ihrem schmalen Roman auch den Leser in ein Wechselbad der Gefühle. Ein Buch, so packend wie Schlinks ›Vorleser‹.«
Rhein-Neckar-Zeitung

05/1453/01/R

Dacia Maraini

Tage im August

Roman. Aus dem Italienischen von Herbert Schlüter. 230 Seiten. Serie Piper

Revolutionär und poetisch zugleich schildert Dacia Maraini in ihrem Romandebüt das sexuelle Erwachen ihrer jungen Heldin während eines Sommers am Meer. Anna kann es kaum erwarten, aus der beengten Welt des römischen Mädcheninternats auszubrechen. Genug hat sie vom dumpfen Geruch nach Küche und Weihrauch und den warnenden Worten der Nonnen. Voller Neugier macht das lebenshungrige Mädchen seine ersten Erfahrungen und verführt als unschuldige Lolita Männer jeden Alters … Der Roman, der die italienische Bestsellerautorin 1962 über Nacht berühmt machte.

»Auf jeder Seite spürt man unterschwellig die fatale Macht des Eros.«
L'Espresso

05/1455/01/L

Giuseppe Tomasi di Lampedusa

Der Leopard

Roman. Aus dem Italienischen von Charlotte Birnbaum. 338 Seiten. Serie Piper

Als Garibaldi mit den Rothemden in Marsala landet, bricht selbst in Sizilien, dem Land archaischer Mythen, eine neue Zeit an. Das uralte Feudalsystem gerät ins Wanken, und die Einigung des Landes bereitet sich vor. Don Fabrizio, Fürst Salina, dessen Dynastie den Leoparden im Wappen führt, ein kluger, leidenschaftlicher und melancholischer Mann, verkörpert das alte Sizilien. Als sein hitzköpfiger Neffe Tancredi, vom Fürsten geliebt wie ein eigener Sohn, die schöne Tochter eines skupellosen Emporkömmlings heiratet, wird der Untergang der alten Ordnung – der Löwen und Leoparden zugunsten der Schakale und Hyänen – eingeläutet. Mit schöpferischer Sprachgewalt und in dunkel glühenden Farben beschwört Tomasi di Lampedusa das geistige und seelische Klima Europas zwischen den Zeiten herauf.

05/1487/01/R